KB001084

오늘은 운동하러 가야 하는데

하찮은 체력
보통 여자의
괜찮은
운동 일기
오늘은
운동하러
가야
하는데
이진송
지음
다산
책방

contents

# prologue

'준비한 체력이 소진되어 더 이상 일이 안 됩니다. 죄송합니다. — 주인' 인터넷에서 유명한 '짤'이다. 이 짤이 인기를 끈 이유는 그만큼 많은 사람이 체력 부족으로 하루가 버거운 느낌에 공감하기 때문이다. 뛰어난 소수를 제외하면 체력은 느린 와이파이로 보는 고화질 영상처럼 버벅거리다 끊기기 일쑤다. 영상이야 짧은 것만 골라 보거나 저화질로 설정하면 되지만, 인생은 그럴 수가 없다. 일을 몰아서 하는 버릇이 있는 나는 30대가 되자 거짓말처럼 체력의 한계에 부딪혔다. 취미가 미루기, 특기가 밤샘이었던 내가 깊은 밤이 되면 독침을 맞은 것처럼 픽픽 쓰러져 드르렁 잠들었다. 커피와 에너지 드링크를 퍼부어도 소용이 없었다. 그제야 나는 마감 직전의 폭발적인 집중력이 온전히 체력의 영역이었다는 사실을, 준비한 체력이 소진되어 아직 일을 마치지 못했는데도 곯아떨어졌다는 것을 알았다.

잠깐만요 광석 씨, 「서른 즈음에」라는 노래에 이런 말은 없었는데? 막상 서른을 맞이하니 잔치가 끝나지도 않았고, 그렇게 아련하게 저물어가는 청춘도 아니었다. 매일매일은 여전히 주로 지루하고 가끔 기쁘고 종종 애틋한 생의 한가운데였다. 다만 쉽게 졸리고 지칠 뿐. 다시 들으니 「서른 즈음에」는 체력에 부치는 노래 같았다. '사랑'이라는 단어를 '체력'으로 갈음하면 찰떡! '계절은 다시 돌아오지만 떠나간 내 체력은 어디에 내가 떠나보낸 것도 아닌데, 내가 떠나온 것도 아닌데… 조금씩 잊혀져간다, 머물러 있는 체력인 줄 알았는데… 또 하루 멀어져간다….' 체력이 떨어지니 몸에서 선천적으로 약한 부분이 삐걱대기 시작했다. 관절과 위장 때문에 정형외과와 내과에 출석 도장을 찍었다.

그 무렵 느끼는 변화는 하나 더 있었다. 더 이상 체중 감량 폭이 예전 같지 않았다. 툭하면 6킬로그램 정도가 찌고 빠지는 고무줄 체중이었는데, 어느 순간 찌는 속도가 빠지는 속도를 추월했다. 신진대사율이 떨어졌다는 뜻이다. 더 생생한 건

제대로 먹지 않았을 때 몸 안에서 일어나는 작은 폭발이었다. 소중한 무언가가 희미하게 깜박이다가 팟… 하고 사라지는 느낌. 그 이미지는 꽤 강렬했다. 내 몸 안에 은하수의 별처럼 작은 등불이 켜져 있고, 엉망진창으로 먹거나 끼니를 거르거나 잠을 안 자거나 운동을 하지 않을 때마다 그 등불이 하나씩 꺼진다면? 나는 평생 이 몸과 함께 이인삼각을 해야 하는데, 한쪽이 주저앉아버린다면? 무엇이든 한번 소진되면 그때부터 남는 것은 가속뿐이다. 이대로 살다가는 시간이 지날수록 내가 준비한 체력이 소진되는 속도는 빨라지고, 채우는 속도는 느려질 것이다.

덜컥 걱정이 되었지만, 내가 갑자기 달라져서 운동에 눈뜨는 기적은 일어나지 않았다. 그랬으면 이 책의 제목이나 콘셉트를 캡틴 마블처럼 잡았을 것이다. 현실은 여전히 귤이나 까먹고 넷플릭스를 보면서, “아 운동해야 되는데…” 하고 중얼거리는 침대 위였다. 운동을 시작해서 인생이 달라진 사람들을 관찰하고, 책과 다큐멘터리로 보면서 엄지손가락을 치켜들었다. 크으으~ 멋지다! 그리고 오만상을 쓰며 터덜터덜 헬스클럽에 갔다. 운동하러? 아니, 몇 달간 방치했던 운동화 찾으러…. 하도 안 가서 기한은 옛날 옛적에 만료됐고, 안 찾아가면 버린다고 문자가 오면 그제야 무거운 엉덩이를 떼는 나는 걸음이 느린 아이.

헬스클럽에서 운동화를 찾고 나는 또 다른 운동을 등록했다. 이번만은 기부 천사가 되지 않기를 바라는 마음을 담아. 돌아보면 거의 체험판에 가까운 수준으로 이 운동 저 운동 전전했다. 20대에는 오로지 다이어트 목적으로 운동을 했다. 하지만 그마저 안 하는 것보다는 나았던 모양이다. 몸이 좋지 않아 운동을 오래 쉬었을 때 근력과 기초 체력이 무너져 꽤 힘든 시간을 보냈다. 그때부터 서서히 운동의 기능과 몸의 내구성에 눈을 돌리기 시작했다. 때마침 생활 체육으로서의 운동과 체력의 중요성을 강조하는 담론이 솔솔 흘러나오기 시작했다. 특히 '몸매 관리'에만 초점이 맞춰진 여성의 운동을 체력의 관점에서 접근하는 매력적인 메시지가 쏟아졌다. 폐활량을 신경 쓰고, 근력 발달에 대해 겉핥기로나마 익히고, 당장의 성과보다 장기적인 관점에서 지속해야 한다는 시각이 트였다. 질기고 억세게 묶여 있던 체중과 운동의 연결고리를 끊어내자 운동은 내 일상에 아주 편안하게 녹아들었다. 내가 좋아했던 여자 트레이너 선생님은 내 인바디 결과를 보고도 담담한 말투로 말했다.

"체지방 좀 늘어나는 건 괜찮아요. 전보다 엉덩이 근육을 훨씬 잘 쓰잖아요."

문을 열면 바깥은 여전히 마른 몸을 얻기 위해 체력이나 건강이 망가져도 어쩔 수 없다고 외치는 세상이다. 운동을 배우러 가면 여자라는 이유로 '예쁜 라인', '알벽지 굵어지지 않게', '종아리 굵어지면 안 되니까', '승모근 발달 안 되게 조심하고…'라는 말을 듣게 된다. 이런 압박은 여학생은 스탠드에 앉혀놓고 남학생에게만 축구공과 농구공을 던져주던 체육 시간의 기억과도 맞닿아 있다. 여성의 운동과 체력을 납작하고 빈약하게 만들고, 쓸어버리려는 거대한 파도 앞에 나 역시 때때로 휩쓸리고 빠졌다. 앞으로도 종종 그럴 것이다. 완벽하지 않으니까. 하지만 이제는 좀 더 유연하게 서핑하고, 다시 보드에 기어올라 오고, 덜 빠지는 법을 안다. 기어오르기까지 걸리는 시간이 짧아졌고, 빠져도 자책하지 않는다. 잠깐의 실책은 영원한 실패가 아니다. '이렇게 운동하다가 우람해지면 어떡하지' 하는 생각이 들면 "어떡하긴 어떡해, 튼튼이 되는 거지~!" 하고 열심히 허우적대는 식이다.

물론 영화나 드라마가 아닌 나의 생활은 지극히 평범하고 시시하다. 내장지방 위험군에 근력 부족이고, 폐활량 검사를 할 때 담당 간호사가 과도한 리액션으로 응원해야 하는(더 부세요! 더더더! 더더! 흐어업~!) 비실비실 인간이다. 철인 3종 경기에 나가거나 여자 농구팀, 야구팀을 꾸리는 근사한 스토리도 없다. 하지만 오늘도 어기적어기적 운동을 간다. 마지못해 가지만 막상 가서는 또 그럭저럭 잘하고, 땀 흘린 기쁨에 심취해 역시 운동하면 좋다고 뻐긴다. 다음 운동 시간이 되면 빠질 핑계가 없나 머리를 굴리다가 의사에게 운동을 쉬라는 말을 들으면 기뻐하고, 생리가 시작되면 짜증은 나지만 "아싸, 오늘 쉬는 날!" 하고 침대에 몸을 날린다.

그래도 운동을 한다. 가늘고 길게, 미래의 내가 쓸 체력을 비축하려고 돌을 하나하나 쌓아올리는 마음으로. 남 보기 예쁜 몸이 아니라, 적절한 나의 동반을 만드는 마음으로. 나약한 나를 극복하여 '더 강한' 나를 추구하는 것이 아니라, 타고난 약점이 있거나 아픈 몸이라도 살아내길 바라는 마음으로.

그 좌충우돌을 엮었다.

# 다정도 체력

어느 날 고등학교 후배가 나에게 긴급하게 운동 상담을 요청했다. 누누이 말하지만 나는 근력 미달, 체지방 과다, 플랭크 시작과 동시에 인생에서 퇴장하고 싶어지는 하찮은 사람. 감히 누구에게 조언을 할 입장이 아니지만, 때때로 더 부족한 사람은 부족한 사람을 필요로 한다. 나는 여섯 살에게 간판을 읽어주는 여덟 살의 태도로 진지하게 대화에 임했다. 결국 필라테스를 하기로 결심한 후배는 이런 말을 남기고 떠났다.

"언니, 저 근데 진짜, 인성 파탄 날까 봐 운동하는 거예요."

사회생활의 치사함과 밥벌이의 고단함은 생활에 소금을 팍팍 친다. 상사에게 깨지고 동료에게 치이고, 내 탓이 아닌데도 내 잘못이 되는 매직. 나를 지키려다 보면 둘러쓰게 되는 위악과 날카로운 태도. 나의 친언니는 나와 다투다가, "나는 이 회사에 다니면서 좋은 사람이 되기를 포기했어, 나 되게 별로인 사람이야. 나도 알아. 그걸 자꾸 상기시키지 마"라는 말로 나를 울린 적이 있다. 나는 그때까지 회사 생활을 해본 적이 없었지만, 프리랜서에게는 프리랜서 맞춤형 굴욕과 고난 세트가 지급되기에 그 마음을 알 것 같았다.

임금이 정당한 노동의 대가가 아니라 욕먹는 값이라고 설득하는 헛소리는 '네가 돈을 받았으니 이 정도는 감수해야 한다'라면서 개인을 손 안의 귤처럼 주무르려 든다. 마법의 단어 '스트레스'는 몸과 마음을 갉아먹는다. 체력이 떨어지면 사소한 실수에도 지나치게 엄격해지고, 퇴근하고 만나는 가족에게 짜증이 난다. 다정도 체력이라는 말이 괜히 나온 게 아니다. 그렇게 점점 실감하는 것이다. 아, 이러다 나는 결국 짓무르고 터지겠구나. 일터가 나를 빨아먹는 대로 내버려뒀다가는 애먼 사람에게 화풀이를 하겠구나. 인성 때문에 운동한다는 후배의 말은 이런 맥락이다.

노동 조건을 개선하는 것이 가장 중요하지만 운동 에세이니까, 체력 단련의 중요성을 이야기하자. 체력이 인성을 만든다는 것은 이미 '진리'로 통한다. 웹툰이 원작이고 TV 드라마로도 제작된 「미생」에는 이와 관련된 유명한 말이 나온다. "네가 이루고 싶은 것이 있거든 체력을 먼저 길러라. 평생 해야 할 일이라고 생각되거든 체력을 먼저 길러라. 게으름, 나태, 권태, 짜증, 우울, 분노… 모두 체력이 버티지 못해 정신이 몸의 지배를 받아 나타나는 증상이다. (…) 체력이 약하면 빨리 편안함을 찾게 마련이고, 그러다 보면 인내심이 떨어지고, 그 피로감을 견디지 못하게 되면 승부 따윈 상관없는 지경에 이르지. 이기고 싶다면, 충분한 고민을 버텨줄 몸을 먼저 만들어."

「미생」의 장그래는 바둑기사 출신이기 때문에 '이기고 싶다면', '승부' 같은 표현이 등장한다. 직업이나 지향점에 따라 체력을 끌어 써야 하는 부서는 다르지만, 체력이 부족하면 '빨리 편안함을 찾게 마련'이라는 대목에는 고개를 끄덕이게 된다. 나는 '묻지마 폭행'을 당한 적이 있다. 경찰서에 피해자 신분으로 앉아 있을 때, 네 시간 넘게 이어지는 진술에 완전히 지쳐서 형사가 밀어붙이는 대로 가해자를 선처해버렸다. 빨리 집에 가서 눕고 싶은 마음이 두고두고 후회되는 선택을 낳았다. 정신적인 어려움이 모두 체력이 부족한 탓이라는 단호한 진단은 다소 불편하고, 반드시 옳다고 할 수도 없다. 그러나 꾸준한 운동과 체력 강화가 정신적 어려움을 해소한다는 건 다양한 연구가 뒷받침하는 사실이다.

대학원에 다닐 때 발목이 좋지 않아 운동을 오래 쉬었다. 하루 종일 책상에 붙어 있다가 자려고 누우면 현재 내 위치와 미래에 대한 불안이 몰려왔다. 우울과 자기 비하는 여름날의 곰팡이처럼 빠르게 증식하고 세를 불린다. 펑펑 울다가 잠들면 당연히 다음 날 아침 기상은 망했다. 조교 근무나 수업에 지각하고, 주어진 일을 깜박하고, 내 계획에서 변수가 생겨 조금이라도 더 품이 들면 벌컥 화가 치밀었다(내 머리와 블루투스 연동이 되지 않는 이상, 타인이 내 생각과 계획을 완벽하게 이해하고 그대로 움직일 수 없는 것은 당연한데도).

나는 여전히 운동을 별로 좋아하지 않는다. 운동의 참맛을 깨닫고 운동과 인생의 의미를 연결하는 경지에 오르지도 못했다. 생리가 시작되면 관절이 약해지니까(사실) 운동하면 안 된다며(게으름) 드러눕고, 비가 오면 갈까 말까 망설이고, 그나마 등록비가 아까워서 억지로 몸을 일으킬 때면 걸음걸음이 울고 넘는 박달재다. 그래도 이제는 안다. 내가 한없이 초라하고 남루하게 느껴지는 날, 사소한 일에 서운함이 폭발하고 누군가 원망스러운 날, 살아보겠다고 운동을 꿈지럭꿈지럭 하는 게 도대체 무슨 의미가 있냐는 생각이 드는 날, 바로 그 순간에 몸을 움직이고 땀을 흘려야 한다.

숨이 턱에 찰 만큼 달리거나 허벅지 근육이 터질 정도로 앉았다 일어나다 보면, 존재의 이유, 인생의 의미, 자신의 가치 같은 생각들은 땀과 호흡으로 배출되어버린다. 남는 것은 오로지 '선생님이 나를 죽이려는 걸까?' 하는 의심과 여기서 살아서 나가겠다는 강렬한 생존 욕구, 이름도 나이도 모르지만 일그러지는 얼굴만은 너무나 닮은 필라테스 동지들에 대한 사랑뿐이다. 운동이 끝나면 방금 전까지 내가 무엇 때문에 괴로워했는지 자주 잊어버린다. 아쿠아로빅은 또 어떻고? '난 이제 지쳤어요 땡벌'에 맞추어 팔다리를 허우적대고, 중간중간 히리야! 하는 추임새를 넣는 회원님의 에너지에 감화되어 웃다가 엔싱크의 노래에 맞춰 스트레칭을 하면, 모든 것이 생각보다 별일 아니라는 기분이 든다.

우울과 분노에 사로잡혀 누워 있을 때 침대는 나를 삼키는 거대한 늪이다. 가라앉는 깊이에는 끝이 없다. 그러나 어떻게든 몸을 움직이면, 하다못해 나가는 게 힘들어서 매트를 깔고 홈 트레이닝이라도 따라 하고 나면, 침대에 몸을 던지는 촉감은 다정한 악수 혹은 상쾌한 하이파이브 같다. 수면의 질이 다르고 시행착오를 감수할 정신적, 육체적 여유가 채워진다. '그럼 대신 이렇게 해볼까?'에서 '이렇게'의 선택지가 늘어난다. 길을 잘못 들어서 더 걸어도, 쉽게 구해지지 않는 답 때문에 회의 시간이 길어져도, 동료에게 문제가 생겨 일을 분담할 때

도 기가 덜 빨린다. 내가 생각해도 별로였던 대처 때문에 나를 미워할 구실이 또 하나 줄어든다.

인성이라는 모호한 단어에는 타인과 관계를 맺는 태도도 포함된다고 생각한다. 그러니 운동하고 체력을 단련하는 일은 단순히 나 혼자 잘 살려는 목적만이 아니라, 공정한 마음을 기르고 타인을 정확하게 사랑하는 방법일지도 모른다. 언제나 다정하고 너그러울 수는 없겠지만, 그런 순간을 늘려가겠다는 마음으로 오늘도 운동복을 챙긴다.

예술에 대한 압도적인 이미지가 있다. 단 하나의 역작을 만들고자 만든 것을 끝없이 부수는 도예가의 고독… 아니야! (쨍그랑) 이것도 아니야! (쨍그랑) 내가 만들려던 건 이런 게 아니야! (쨍그랑) 자신에게 맞춤한 '인생 운동'을 찾는 데도 비슷한 과정이 필요한 듯하다. 아니야! 너무 지루해! 동선이 너무 복잡해, 운동은 가까운 곳이 최고야! 선생님이 별로 마음에 안 들어, 아니야! 등록과 탈주를 반복하는 동안 헬스클럽이나 복싱 센터를 부수지는 않았다. 부서진 것은 내 통장일 뿐.

만만한 게 헬스였다. 수험생 신분에서 해방되자마자 헬스를 시작했다. 중학교 3학년 때 헬스클럽에서 랫 풀 다운 머신에 매달려 까불다가 디스크가 터져 실려 갔던 아픈 과거의 소유자는 죽자고 트레드밀만 달렸다. 오로지 체중을 감량하기 위해 운동을 했던 그 시절, 기준은 유산소 운동을 30분 이상 했냐 아니냐였다.

스무 살부터 지금까지 헬스클럽 회원님으로 살았던 조각조각의 기간을 합치면 6년은 족히 넘을 것이다. 물론, 회원님이 실제로 헬스클럽에 출석한 날은 합산해보고 싶지 않다. (잊지마, 헬스클럽 장기 등록의 꽃말은 기부야.) 살이 조금 찌면 나갔다가 빠지면 바로 발길을 끊었다. 안 빠져도 한 달 이상 경과하면 또 안 나갔다. 너무 지루하고 막막했다. 트레드밀과 덜덜이만 쓰는 내 잘못이지만 그렇다고 PT를 받거나 헬스클럽 '고인물'의 참견을 견디며 운동 기구들과 친해지기도 싫었다. 전자는 경제적인 이유로, 후자는 심리적인 이유로 거부감이 들었다.

그런데도 매번 헬스클럽을 선택했던 이유는, 불과 2년 전에도 1년을 등록했다가 3개월 동안 다섯 번 가고 환불받은 이유는, 편하고 진입장벽이 낮기 때문이다. 헬스클럽은 어디에나 있고 늦은 시각까지 영업하며 가격이 저렴하다. 나에게 헬스클럽에 간다는 건 '그래도' 운동을 한다는 정서적 위안이었다. 마른 몸이 자기 관리의 의미를 독식하는 세상에서 트레드밀이라도 깔짝대고 있다는 알리바이. 사실 진짜 문제는 헬스보다, 운동에 대한 내 태도였다. 운동의 즐거움이나 기능에는 아무런 관심이 없고, 오로지 체중 감량만 목표로 삼았다. 그런 미적지근하고 소극적인 자세로는 뭘 해도 재미없을 수밖에.

처음으로 흥미를 느낀 운동은 복싱이었다. '인생 운동'인 줄 알았다. 하지만 얼마 안 가 선천적으로 약한 관절이 수건을 던졌다. 고작 6개월, 제대로 된 스파링 한번 못 해보고 복싱 경력은 미련이 뚝뚝 흐르는 짝사랑으로 끝났다.

관절이 안 좋으니 수영을 다녔다. 수영도 좋았다. 하지만 여러 외적인 조건들이 발목을 잡았다. 생리 기간에는 쉬어야 하는 한계(이 문제는 나중에 생리컵을 사용하면서 해결된다), 수영장 물의 위생 상태에 대한 불안, 노출에 대한 부담, 운동을 마친 뒤 어디라도 갈라치면 가방 속에 웅크리고 있는 축축한 수영복 같은 것들. 새로 산 수영복과 수모의 본전만 뽑고 역시 그만뒀다.

댄스? 딱 한 번 걸스힙합 수업에 무료 체험으로 들어갔다가 50분도 못 채우고 도주했다. 화장실 가는 척하고 뛰쳐나와서 집에 왔다. 음치, 박치, 몸치인 주제에 헛된 꿈을 꾸었다. 춤을 못 추는 사지의 움직임을 흔히 '뚝딱거린다'고 표현한다. 남들은 그럭저럭 따라 하는데 나 혼자 뚝딱거리고 있는 상황이 엄청난 스트레스로 다가왔다. 못해도 당당하거나 개의치 않는 사람도 있는데 나는 그게 싫어서 스노보드도 금방 그만뒀다. 요가? 3개월 코스를 끊은 뒤 수업에 간 날보다 인도 커리를 먹으러 간 날이 더 많을 것이다. 스쿼시? 역시 체험 수업에 들어갔다가 손목이 너무 아파서 때려치웠다. 배드민턴은 비교적 손목에 부담이 없었고 어릴 때 배워둔 가닥이 있었지만, 할 수 있는 곳이 마땅치 않았다. 지역의 배드민턴 동호회에 들어가는 방법이 유일했는데, 중장년층이 주 회원이기 때문에 나 같은 애가 가면 주전자나 나른다고 경험자들이 겁을 주었다. PT? 큰마음 먹고 등록했지만 별로 효과를 보지 못했다(이 이야기는 PT 꼭지에서 다시 하겠다). 여성전용 순환운동이라는 커브스도 다녔다. 지점이 적고 마감 시간이 빨라서 야행성 인간은 아차 하는 사이 운영 시간을 넘겨버렸다. 헬스클럽 GX로 찍어 먹듯 경험해본 스텝박스, 줌바, 에어로빅, 태보, 스피닝, 모두 에퉤퉤였다.

운동 유목민은 오래 방황했다. 핑계 없는 무덤 없다더니, 가뜩이나 운동을 싫어하고 쿠크다스 같은 관절을 가진 나는 금방 마음에 안 드는 구석을 찾아냈다. 이건 이래서 싫고, 저건 저래서 별로고, 요건 괜찮을 줄 알았는데 한 달쯤 해보니까 별로야! 이건 다칠 것 같아! 그런데 그 하찮은 투정을 비집고 무언가가 내 몸에 와서 착 붙었다. 다이애건 앨리에서 자신에게 꼭 맞는 지팡이를 잡은 순간, 해리 포터의 손에 돌던 뜨끈한 온기가 그랬으리라.

첫 만남은 순전히 우연이었다. 요가원에 다니던 중 착각하고 필라테스 수업에 잘못 들어간 것이다. 요가가 잔잔한 호수에서 양산을 쓰고 하는 뱃놀이라면 (내가 요가를 잘못하고 있다는 가정하에) 필라테스는 거친 물살을 헤치는 격렬한 래프팅이었다. 나는 땀에 흠뻑 젖어서 네 발로 엉금엉금 기어 나왔다. 그런데, 그렇게 힘들었는데도 '재미있다'는 생각이 들었다. 내가 방금 필라테스라는 걸 했다! 했다기보다는 매트 위로 수차례 패대기를 당한 거지만 어쨌든! 연예인들이나 하는 고급스럽고 어려운 운동인 줄 알았는데!

요가원에서 필라테스 수업을 추가로 등록하면 가격도 싸고 새로운 곳을 찾을 필요도 없었다. 하지만 수강 인원이 너무 많았고, 선생님이 필라테스 전문 같진 않았다. 보통 필라테스는 여섯 명 정도의 규모로 수업을 한다던데 제대로 배워보고 싶었다. 나는 검색 끝에 집에서 가까운 필라테스 센터를 방문했다.

예상대로 수업료는 지금까지 했던 운동 중 가장 비쌌다. 학생에게는 부담스러운 금액이었음에도 홀린 듯이 세 달 치를 등록했다. 컴퓨터 학원에서 사기를 당할 때처럼 친절 마케팅에 현혹된 것도 아니었고(선생님은 차가운 도시 여자여서 나는 눈을 깔아야 했다), '파격 할인'도 아니었고, '한 달 5킬로그램 감량'을 약속하지도 않았다. 그런데도 아주 잠깐 맛을 본 그 운동에 강하게 이끌렸다. 목마른 사슴이 물을 찾듯이, 거북목과 척추측만과 골반 비대칭의 육신은 본능적으로 필라테스를 알아본 것이다….

## # 닫혀라, 갈비…?

40인의 도둑이 보물을 숨겨둔 동굴 문은 음성 인식 시스템이었다. "열려라, 참깨!", "닫혀라, 참깨!", '꼬순내'를 풍기며 동굴 문은 열리고 닫힌다. 알리바바는 주인공답게 주문을 훔치는 데 성공하는데, 알리바바의 형 카심은 동굴에 들어갔다가 주문을 잊어버리는 바람에 갇히고 만다. 도둑들에게 발각되어 살해당한 카심을 보고 뜨거운 눈물이 흐를 뻔했다. 도저히 남 일 같지 않았기 때문이다.

필라테스 수업에 처음 들어갔을 때 선생님이 외쳤다.

"립 닫으세요. 립 닫아!"

립? Lips? 나는 입술을 합 다물었다. 선생님은 갸웃거리면서 다가와 내 갈비뼈에 손을 얹었다. 앗, 내가 수줍어하며 몸을 웅크리든 말든 선생님이 손에 힘을 주면서 소리쳤다.

"이, 이, 립 열린 거 봐! 닫으라니까요! 립 꽉 닫아!"

그제야 '립'이 갈비, 내가 아웃백에서 처음 폭립이라는 걸 시킬 때 발음해본 그 '립rib'이라는 사실을 깨달았다. 물론 그렇다고 의문이 풀리는 것은 아니었다.

"이게… 여닫을 수 있는 건가요?"

내가 만든 건 아니지만 내가 수십 년째 입주해서 살고 있는 껍데기(?)였다. 그런데 생판 남이 와서 갑자기 열렸니 닫혔니 호통을 치니, 개폐식인지도 모르고 평생 새시 문 열고 산 사람처럼 별안간 서러워졌다. 선생님이 고개를 갸웃거렸다.

"뭐야, 처음 왔어요?"

필라테스 호흡법을 배우지 못한 채 그룹 수업 한복판에 떨어진 나는 그날 혼자 남아 선생님과 나머지 공부를 했다. 필라테스는 흉곽성 복부 호흡을 기본으로 한다. 코로 숨을 들이마시면서 양쪽 갈비뼈를 열고, 내쉴 때는 입으로 숨을 뱉으면서 갈비뼈를 닫는다. 갈비뼈를 모으려면 윗배와 배꼽을 등 쪽으로 밀어내는 느낌으로 복부를 긴장시키면 된다. 뼈 자체가 열리고 닫힌다기보다 뼈를 감싼 근육과 복부 심부근육을 쓴다는 게 옳은 표현이었다. 외늑간근, 소흉근, 목갈비근, 목빗근, 복직근… 여닫는 코어가 무너지면 갈비뼈가 열리고, 구부정하게 배를 내민 자세가 되기 쉽다고 했다.

"아… 저처럼?"

"네, 회원님처럼."

선생님이 나의 갈비뼈를 양손으로 꽉 쥐고 밀면서 말했다. 분위기를 풀어보려고 던진 자조 개그였는데 너무 단호하셔서 진술이 되어버렸다. 회원님, 머리를 위에서 잡아 뽑는다고 상상하고 느낌에 집중해보세요. 세상에서 가장 애매하고 모호한 그 단어, '필'을 찾아야 했다. 있잖아 알리바바, 네 주문 좀 빌려주라. 한 번만 쓰자, 한 번만 양보해주자, 응? 알리바바는 응답하지 않았고 선생님이 중간중간 씁, 하고 혀를 찼다.

"턱 당기고, 어깨 내리세요. 목 길어지게… 립에 힘!"

동굴에 갇힌 카심처럼 막막해질 때쯤, 숨을 내쉬며 복부를 조이자 갈비뼈가 움츠러드는 것 같았다. 손길이 닿은 미모사처럼 아주 살짝.

"그렇지!"

수십 년 만에 나의 갈비가 개폐식으로 전환하는 역사적인 순간, 나는 간신히 잡은 느낌을 놓칠까 봐 그 자리에서 꼼짝도 못 하고 갈비뼈를 옴작거렸다. 열었다, 닫았다. 열려라 갈비, 닫혀라 갈비! 호흡만 제대로 해도 근육이 단련되면서 땀이 날 정도로 운동이 된다고 했다. 필라테스가 흔히 '몸매를 다듬는 운동'으로 여겨지는 이유도, 흉곽 호흡으로 갈비뼈 근처의 근육을 조이면 몸통이 가늘어지기 때문이다. 하지만 필라테스로 몸을 만들었다는 방탄소년단 멤버 RM을 보면, 필라테스로 속근육을 다지는 데에도 성별 고정관념이 작동하는 듯하다. 그를 가르친 필라테스 선생님은 RM의 허리를 호리병처럼 만들려고 애쓰지 않았을 테니까. 많은 운동이 남자의 몸은 '키우고' 여자의 몸은 '줄이는' 데 치중한다는 사실은 쉽게 좁혀지지 않는 성별의 격차다.

나는 성격이 급해서 자주 호흡을 무시하고 동작을 따라가는 데에만 급급했다. 힘든 동작을 해내려고 숨을 참거나 입으로 헥헥거리는 식이었다. 그럴 때마다 여러 센터의 서로 다른 선생님은 걷기도 전에 뛰려고 하는 아이를 훈육하듯 호흡을 강조했다. 동작을 흉내만 내지 말고 근육 하나하나를 움직인다는 느낌을 유지해야 호흡도 유지된다고 했다.

호흡을 제대로 하면 운동 효과를 극대화하고, 부상을 예방할 수 있다. 가끔 필라테스를 하다 어지러움을 호소하는 사람이 있는데, 힘든 동작 때문에 무의식적으로 숨을 참은 까닭이다. 리포머나 바렐, 체어를 사용하는 기구 필라테스에서는 이러한 증상이 낙상 사고로 이어질 수 있으니 주의가 필요하다.

DASAN

숨을 충분히 쉬어야 힘이 빠지면서 유연성이 필요한 동작이 더 잘 된다. 백문이 불여일견, 이 원리를 직접 몸으로 느끼면 그때부터는 스스로 적극적으로 숨을 쉬게 된다.

운동을 싫어하는 사람은 "숨쉬기 운동이면 충분하다"라고 주장한다. 자매품으로 "밥숟가락보다 무거운 건 들 필요가 없다"도 있다. 이것은 자기소개이기도 하다. 나는 오늘도 내 몸뚱어리와 지지고 볶는다. 밥을 먹자마자 중력에 투항하여 누우려는 몸을 일으켜 세우다가 에라 모르겠다 하는 심정으로 뒹굴기도 한다. 하지만 엎드리기가 의외로 복근을 단련하는 동작이듯, 숨쉬기 역시 생각보다 효과적인 운동이 될 수 있다. 숨만 잘 쉬어도 속근육이 강화되고 몸의 순환을 촉진한다니, 이 정도면 나와 비슷한 수준의 게으름뱅이라도 솔깃하지 않은지? 당장 이 글을 보면서 평생 여닫기가 가능한지 몰랐던 갈비뼈에 움찔움찔 힘을 주고 있지 않은지?

잘 안 될 때는 이미지 트레이닝이 도움이 된다. 열려라, 갈비! 하고 외치는 알리바바가 되어보거나 '문이 닫힙니다'라는 엘리베이터 소리를 상상해보자. 갈비뼈가 스르르 닫히는 순간 지금껏 취해본 적 없는 꼿꼿한 자세와 길어진 목을 만날지어니! 이야말로 40인의 도둑이 숨겨둔 보물, 건강의 비기일지도 모른다.

가수는 사람들이 자신의 노래를 들으며 감동받을 때, 요리사는 사람들이 자신이 만든 음식을 맛있게 먹을 때 행복하다고 한다. 책을 쓰는 나도 당연히 독자가 책을 재미있게 읽었다고 할 때 기쁘다. 직업은 생계를 유지하는 수단이지 꿈이나 목표는 아니라고 생각하지만, 일상의 큰 비중을 차지하는 만큼 노동에는 의미가 필요하다. 사람들은 자신의 일이 어떤 방향으로든 세상에 기여하고 타인을 이롭게 하리라 믿는다. 그러다 보니 자연스럽게 필라테스를 할 때마다 의문이 피어올랐다.

'선생님은 언제 일의 보람을 느끼세요…?'

응급실에 방문한 어느 날, 나는 내가 갑자기 벼락을 맞아 수

학 과학 천재로 거듭나더라도 의사나 간호사는 될 수 없다는 사실을 깨달았다. 아픈 사람들의 표정을 잠깐 보는 것만으로 금방 피로해졌기 때문이다. 필라테스 선생님 역시 매일 우리의 일그러진 얼굴을 마주한다. 우리 반뿐만 아니라 전국의 필라테스 센터의 풍경이 다 비슷비슷할 것이다. 스스로 선택한 고통 속에서 허우적거리며 나를 원망하는 회원님들의 얼굴을 마주하기? 난 못 한다. 삑, 기권입니다. 하지만 선생님은 언제나 명랑하고 활력이 넘친다.

"왜, 왜 그렇게 기운이 없으세요들?"

왜일까요? 선생님 빼고 다 아는 것 같은데. 아니 사실은 선생님도 알면서 모르는 척하는 거겠지만. 오늘도 나를 포함한 여섯 명의 회원님은 고통을 호소했다. 선생님이 무언가를 시킬 때마다 한숨을 쉬고 헛웃음을 치거나 앓는 소리를 내고, 각자 버르적거리는 방법은 가지가지인데 그 가지가지를 품앗이로 다 했다. 묶기에는 짧은 단발인 나는 금방 아침 드라마에서 머리끄덩이 잡는 장면을 찍다가 달려온 배우 꼴이 된다. 머리를 산발하고 선생님을 바라보는 나의 눈은 공허하고 불안에 떨고… 그 감정을 또 다른 회원님의 눈에서 확인하고 갑자기 공동체 의식을 느끼고. 우리는 서로의 이름도, 나이도 모르지만 가장 괴롭거나 황당할 때 어떤 표정을 짓고 어떤 소리를 내는지 아는 사이다. 힘들었던 하루의 끝에 몸 개그로 웃겨주거나(의도하지 않았다) 당신이 나보다는 낫다는 사실을 온몸으로 전하며 위로하기도 한다(역시 의도하지는 않았다). 그 우정의 무대에서 선생님은 공공의 적 비스무리한 존재가 된다.

다음 동작 시연을 보고 어이가 없어진 우리가 일제히 헛웃음을 터뜨렸다. 우리의 단결력을 본 선생님이 환하게 웃었다.

"다들 웃으시니까 좋네요!"

뚫을 수 없는 방패를 마주한 창이 이런 기분이겠지. 아우성 앞에 눈 하나 깜짝하지 않고 더 말도 안 되는 동작을 주문하는 선생님에게서 프로의 향기가 난다. 중학교 때 배우기로, 직업에는 소명 의식이 필요하다. 소명은 직업에 요구되는 사명감이고, 소명 의식이란 노동에 대한 사회적 · 경제적 보상이 따르지 않더라도 자신이 해야 할 일로 의식되는 것에 헌신하는 자세다. 삶의 방식에 대한 투철한 신념과 의지가 작용한다는데 잠깐, 이거 아무리 봐도 노동의 대가를 제대로 지급하지 않으려는 인간들이 등골 빼먹을 때나 쓰는 단어 아니야?!

소명 의식은 노동 착취의 구실이 되어서는 안 되고, 타인이 당사자에게 요구할 수 있는 것도 아니다. 소명 의식이 대가 없이 헌신하는 자세가 아니라, 일의 의미를 당사자가 발견하고 길어 올리는 안목 정도로 여겨지길 바란다. 일의 의미나 가치는 외부인에게 잘 보이지 않고, 존재한다 하더라도 당사자가 아닌 사람이 떠드는 것은 공허하니까.

내가 처음 다녔던 필라테스 센터의 선생님은 자신이 양질의 수업을 진행한다는 자부심을 감추지 않았다. 그런 경우가 아니라면 내가 거쳐갔던 다른 선생님들이나, 지금 가르치는 선생님이 어디에서 직업적 만족이나 보람을 느끼는지 알 길이 없다. 게다가 필라테스를 배우는 인간들은 (나 포함) 자기가 짝다리를 짚고 다리를 꼬아서 고통을 초래해놓고, 그것을 바로잡는 동작을 시킨 선생님이 악의 원인인 양 군다. 예를 들면 이런 식이다. 격렬한 하반신 운동이 끝난 후 선생님은 애프터케어까지 아주 다정하게 챙긴다.

"무릎 안아주세요."

고관절을 늘려서 풀어주라는 뜻인데 왈칵 서러워진다. 안아주라고요? 지금 선생님 때문에 저와 제 하반신은 돌아올 수 없는 강을 건넜거든요? 사이가 나빠져서 오늘 밤부터 각방 쓰기로 했거든요? 이제 와서 안아주며 질척거려 봤자, 이것 좀 봐요, 내 의지랑 상관없이 널브러지는 걸… 저한테 왜 이러세요, 선생님. 이렇게 자기 잘못이 아닌 일로 지탄받으면 많은 이들이 의욕을 상실하기 마련이다. 그런데 많은 증언을 종합해본 결과 전국의 필라테스 선생님들은 고통의 강도에 비례하여 오히려 행복이 커지는 듯하다. 역시 세상의 희로애락 비율을 맞추고자 지옥에서 특별히 파견된 특수부대가 분명하다. 아니면 회원들의 사기를 끌어올리고자 더 씩씩하게 외치는 프로 의식이거나, 내일 안 올까 봐 해맑게 웃으며 발목을 잡는 고객 유치 전략이거나, 정리 성돈에서 기쁨을 느끼는 사람처럼 구부러진 몸을 펴고 늘리는 데 희열을 느끼는 성격일지도 모른다.

좀 과장했지만 사실, 말하지 않아도 느껴지는 것이 있다. 찌릿찌릿 통하는 순간이 있다. 복근을 이용해서 다리를 들어 올리라는 요구에, 추풍낙엽처럼 우수수 떨어지던 내 다리가 어느 순간 갓 태어난 송아지처럼 부들거리며 허공에 뜰 때. 거북이처럼 움츠러들었던 목이 선생님의 기합에 따라 쭈욱 뽑혀 나올 때. 커다란 공을 신성하게 모시는 부족의 일원처럼 공을 들어 올린 자세로 버티다가 선생님이 불시에 공을 쳐도 떨어뜨리지 않을 때. 점점 소화할 수 있는 동작의 개수가 늘어날 때 우렁차게 울려 퍼지는 선생님의 목소리.

"그으렇죠!"

나도 그만 잇몸을 드러내며 웃어버린다.

선생님의 소명 의식이나 보람은 내가 모르는 영역이지만 오합지졸이 질금질금 성장하는 기쁨만은 함께 나누는 감동 실화다. 원래 성장 드라마가 제일 재미있는 법이니까 꾸준히 해서 나의 몸과 마음뿐 아니라 선생님에게도 뿌듯한 수제자가 되고 싶다. 그렇게 나는 허황된 꿈을 꾸며 필라테스 양말을 챙긴다. 음, 그러려면 일단 선생님 원망하는 눈빛 단속부터 좀.

스무 살 때 살던 집 근처에 복싱 센터가 있었다. 어렸을 때부터 태권도나 합기도를 배우는 친구를 부러워만 하던 나의 가슴에 격투기 로망이 뭉글뭉글 피어올랐다. 헬스클럽 기간도 끝난 운동 공백기였기에 용기를 내서 방문했다. 그리고 문지방을 넘어서자마자 후회했다. 여자 회원도 있다고 하던데, 그 시간 그 공간의 유일한 여자였던 나는 상담을 받는 내내 구경거리였다. 관장이라는 중년 남자는 나를 위아래로 훑어보며 “한 달에 5킬로그램은 빼게 해줄게”라고 반말을 했다. 탈의실은 열악했고 화장실은 공용이었다.

나는 나도 모르는 사이 위축되었다. 체육관이 온 힘을 다해 나를 밀어내는 것 같았다. 아니, 퉤 하고 뱉어버렸다. 어떤 공간이 나를 거부하거나 그 공간에 내가 섞여들지 못하는 감각은 꽤 익숙하다. 공간은 그곳에 '있어도 되는' 사람과 아닌 사람을 감별하고 배제하는 권력을 행사한다. 1967년, 캐서린 스위처는 보스턴 마라톤 대회에 여성으로서는 최초로 참가한다. 아무도 여성이 참가하리라고는 생각조차 하지 않았기에 경기 참가에 대한 제재 항목이 없어서 가능한 일이었다. (그녀는 본명 대신 'KV 스위처'라는 이름으로 참가 신청을 했다.) 스위처가 달리는 동안, 감독관과 몇몇 참가자들이 그를 쫓아오며 방해한다. 그 장면은 《라이프》가 선정한 '세상을 바꾼 100장의 사진' 중 하나로도 사람들에게 널리 알려졌다. 여성의 마라톤이 허용되지 않던 시대, '뛰는 공간'은 스위처를 이물질처럼 취급했다. 모두가 달리는 마라톤 코스는 오직 스위처에게만 위험한 공간이었기에, 그곳을 달리는 것만으로도 저항과 혁명의 상징이 되었다.

이푸 투안은 『공간과 장소』라는 책에서 가치를 부여함으로써 '공간'은 '장소'가 된다고 했다. 공간이 개념 차원이라면 장소는 경험 차원으로, 우리가 어떤 공간에 익숙해졌을 때 공간은 장소가 될 수 있다고 한다. 이름을 불러주기 전 무의미한 몸짓이 공간이라면, 이름을 얻은 꽃은 장소인 셈이다. 에드워드 렐프도 『장소와 장소상실』에서 장소는 공간을 구성하는 다양한 요소들의 맥락이나 배경이라고 정의한다. 같은 공간이라도 사람마다 느끼는 안정감이나 경험, 부여하는 의미에 따라 다른 장소가 된다. 체육관의 링에 팔을 걸치고 나를 구경하던 남자 회원과 내가 경험하는 장소는, 동일한 운동 공간임에도 전혀 다르다는 뜻이다. 그러니 나의 운동 유목은 마음껏 운동할 수 있는 장소를 찾는 여정이기도 했다.

아무도 나를 체육관에서 끌어내거나 쫓아내지 않았다. 지금은 1967년이 아니기에 차별과 배제는 그렇게 노골적으로 작동하지 않는다. 고작 그 정도로 밀려나는 '나'가 나약하다고 말한다면, 할 말이 없…을 것 같냐? '나에게 허락되지 않은 장소'라는 느낌은, 운동장에서 내몰린 여학생으로 살아본 자라면 직관적으로 이해할 것이다. 내가 어렸을 때 아빠는 축구에서 드리블하는 법을 알려주었다. 그러나 남자 아이들은 나를 끼워주지 않았고 체육 교사는 남자 아이들에게만 축구 시간을 주었다. 유난스러운 아이 취급을 받기 싫었던 나는 금방 드리블하는 법을 잊었다. 스탠드나 피구용으로 그려진 하얀 선 안이 여학생들에게 주어진 자리였다. 대뜸 어디선가 날아오는 축구공이나 농구공을, 내 것이 아니기에 두려워하고 피하면서.

남학생의 운동장과 여학생의 운동장은 신체 활동과 운동의 기회 여부에 따라 다르게 구획되는 '장소'다. 한 초등학교 교사는 학교 운동장이 남학생들에게 전유되는 현상을 지적했다가 '운동장 여교사'로 불리며 온갖 비난과 공격을 받았다. '내'가 부정한다고 해서 현실에 존재하는 차별과 불평등이 사라지지는 않는다는 것을 좀 받아들여야 할 텐데. 운동장의 성별 불균형은 페미니즘뿐 아니라 교육 현장에서도 중요한 의제다. 운동장은 여학생을 밀어낸다. 동시에, 학교의 교육과 우리 사회의 규범을 체화한 여학생도 운동장을 밀어낸다. 이는 결국 운동장이라는 공간이 상징하는 운동 그 자체와 멀어지는 결과를 초래한다.

공간은 그곳에 속한 사람들이 어떻게 만들어가느냐에 따라 다른 장소로 탈바꿈한다. 소설을 원작으로 한 영화 「우아한 거짓말」에서 여학생들은 운동할 기회를 주지 않는 체육 교사 때문에 방치된다. 운동장 한편에 있는지 없는지도 모르게 놓인 골대가 자신 같다고 느낀 이들은 축구를 하고 싶어 한다. 체육 교사는 비웃지만, 여학생들은 보란 듯이 그의 방어를 뚫고 골인에 성공한다. 환호와 승리감에 손을 번쩍 치켜드는 인물들을 보며 여고의 체육대회를 떠올렸다. 처음에 축구 종목을 보고 누가 나갈까 생각했는데 예상 외로 뜨거운 신청 열기에 놀랐다. 축구 실력이 뛰어났던 주장 언니는 점심시간마다 신청자들을 모아 특훈을 했다. 체육대회 날, 경험이 많지 않아 다소 서툴러도 죽자 사자 공을 쫓아다니는 얼굴들이 흙먼지 속에 빨갛게 달아올랐다.

낯선 감정이 벅차올랐다. 물론 나는 거기서도 직접 뛰기보다 응원하면서 얼음물이나 빨아 먹는 운동 기피자였지만. 자신이 적절하지 않은 장소에 생뚱맞게 '낑겨' 있다는 감각이 운동의 즐거움이나 기회를 박탈하지 않도록, 그런 경험이 차곡차곡 쌓이는 것이 중요하다. 몇 년 뒤 나는 선배가 다니는 복싱 센터에 따라 갔다가, 홀린 듯이 (또) 3개월 치를 등록하게 된다. 땀 흘리며 복싱을 즐기는 여성들이 가득한 새로운 센터는 이전에 나를 밀어냈던 곳과는 완전히 다른 느낌과 경험으로 다가왔기 때문이다. 처음으로, 나도 할 수 있다는 용기가 봄날의 아지랑이처럼 피어올랐다. 기꺼이 들어가 그 풍경의 일부가 되면서 깨달았다. 굿 플레이스는 찾아다니는 곳일 뿐만 아니라 만들어가는 것이었다.

# # 이것은 입에서 나는 소리여

처음 방문한 복싱 센터에서 쓰라린 패배를 맛본 뒤 한동안 복싱 쪽으로는 방귀도 안 뀌었다. 그러다 배우 이시영이 복싱을 하면서 복싱 다이어트 붐이 일었다. 동아리 선배가 복싱 센터에 다닌다는 소식에 귀가 번쩍 뜨여 당장 따라나섰다. 선배가 벌써 몇 달째 다니는 곳이라면 괜찮겠지. 원래 '써본 자'들의 리뷰가 가장 믿음직한 법이니까.

이번에는 느낌이 좋았다. 대학가 근처여서 회원들이 다 비슷한 연령대였고 여자 회원이 많았다. 관장님은 복서라기보다는 어딘가 에어로빅 강사 같았다. 헤어밴드 때문인지 128bpm 음악에 어울리는 말투 때문인지는 모르겠지만, 적당히 수다스러우면서 선을 넘지 않는 태도에 마음이 놓였다.

처음에는 발을 어깨너비로 벌리고 제자리에서 뛰는 기본 풋워크(스텝)만 며칠을 한다. 복싱 센터에는 3분에 한 번씩 땡 하는 종소리가 울려 퍼졌다. 그때부터 30초간 쉬는 시간이었다. 땡 소리가 나면 줄넘기를 하던 사람, 나처럼 기본 스텝을 뛰던 햇병아리, 멋지게 스파링을 하던 링 위의 불주먹 할 것 없이 다들 헉헉거리며 널브러졌다. 컵라면도 3분을 못 기다려 평생 덜 익은 하얀 면발을 먹어왔는데, 쉬는 시간을 알리는 땡 소리 역시 언제나 하늘이 노래진 다음에야 울려 퍼졌다.

한동안 종아리가 두 개로 쩍 갈라지는 듯한 통증 때문에 어기적어기적 걸어 다녔다. 언제부터 내 다리가 쌍쌍바였죠, 관장님? 복층에 살던 때라 계단도 기어서 오르내렸다. 기본 스텝은 지루하지만 조금만 견디면 금방 샌드백을 칠 수 있다. 취미 운동의 특성상 너무 정석 코스대로 돌리면 흥미를 잃은 회원님이 금방 떠나니까. 가드와 공격 기술을 배우면서부터 부쩍 재미가 붙었다. 원투부터 잽, 훅, 어퍼컷, 보디블로… 교복 치마와 '여자애가 무슨'이 제한하는 틀에 익숙한 몸이, 그 범위 바깥으로 팔을 뻗고 무언가를 때리는 감각은 생각보다 강렬하고 짜릿했다. 길을 걷다가도 혼자서 허공에 주먹질을 하며 쉭쉭거렸다. 왜 드라마나 영화에서 멍청이들이 "이것은 입에서 나는 소리가 아니여" 같은 소리를 하며 까부는지 그 기분이 조금은 이해가 됐다. 비록 소리는 입에서 나지만, 샌드백을 치는 내가 너무 멋있었다(크으).

제일 도취되는 순간은 손에 핸드랩(붕대)을 감을 때였다. 비장한 표정으로 손가락 마디마디 사이로 핸드랩을 감다 보면, 갑자기 귓가에 「더 파이팅」* BGM이 흐르고 "부모님의 원수…" 같은 대사를 읊조리게 되는 것이다. 부모님은 살아계신데 가오가 뭐라고 그런 패륜을….

복싱을 오래 한 선배는 헤드 기어를 쓰고 곧장 스파링도 했다. 몸은 참 신기해서, 새로운 경험을 덧입히면 전혀 다른 차원이 열린다. 마치 카메라의 필터를 바꾸듯 똑같은 풍경도 질감이나 양감이 변한다. 나와 비슷한 신체 조건을 가진 여자, 선수도 배우도 아닌 친구가 링을 누비며 주먹을 날리고 간혹 얻어맞기도 하는 장면은 보는 것만으로 기묘한 자극이 되었다. 나에게도 빨리 그런 날이 오기를 고대하며 부지런히 샌드백에 주먹을 날렸다.

운동을 끝내고 옷을 벗으면 브래지어까지 흠뻑 젖어 있었다. 어떻게든 땀을 좀 더 빼보려고 사우나에 들어갔다가 트레

---

* 일본의 복싱 만화. 모리카와 죠지 작. 『주간소년 매거진』 연재. 1989~.

드밀에서 뛰고, 땀복을 입었던 헬스 라이프와 비교가 되지 않는 상쾌함이었다. 이게 바로 그 유명한 '운동의 맛'?! 운동의 즐거움을 이야기하는 멋진 글에 반드시 나온다는 운동의 쾌감을 나도 느낄랑 말랑 한 상태였다. 복싱에 푹 빠진 나는, 어릴 때부터 여자아이들의 신체 활동 범위를 제한하고 운동의 자유를 빼앗는 현실을 성토하는 칼럼도 학보에 실었다. "몸은 공간을 점유함으로써 '나'가 지금 '이곳'에 존재한다는 것을 증명한다. (…) 그러나 유독 여성들은, '몸매' 가꾸기에만 집중하도록 독려되면서 정작 자신의 몸을 움직이는 일에 많은 제약을 받는다. 치마를 입고, 작은 체구를 유지하고, 다리를 모아야 한다. 이를 통해 여성의 몸은 '일정 범위에 정지된 상태'에 머물게 되고, 결국 자신의 몸이 어느 상황에서 어떻게 움직이는지 알 기회를 박탈당하는 것이다. (…) 우리가 몸에 느끼는 무력감, 특정 상황에서 내 몸이 원하는 대로 반응하지 못하리라는 두려움은 곧 여성의 행동 전반과 사고를 제약하는 기제로 작동한다." 다시 보니 고작 두 달 하고 신나서 저런 글부터 쓴 게 좀 부끄럽다. 한편으로는 그만큼 복싱의 즐거움과 운동의 기쁨이 강렬했다는 뜻이다.

고독한 복서 놀음은 오래가지 못했다. 나의 유리 관절이 파업을 선언한 것이다. 손목과 손가락이 퉁퉁 부어올랐다. 다른 언니도 평발로 인한 통증이 심해 금방 그만두었다. 운동에도 궁합이 있다. 좋아하는 것, 잘하는 것, 못하는 것, 못하지만 좋아하는 것, 잘하지만 싫어하는 것, 즐기지만 오래 할 수 없는 것… 내 머리는 사랑하는데 몸은 거부하는 복싱은 그렇게 짝사랑으로 끝났다.

가끔 생각한다. 복싱이 아니었다면 난데없이 취객에게 '묻지마 폭행'을 당했을 때 그렇게 빨리 정신을 차리고 방어하지 못했을 것이다. 당연히 잽과 어퍼컷 같은 복싱 기술은 쓰지 못했다. 그때쯤에는 기술도 가물가물했다. 그러나 순간적인 판단으로 평소 사용하지 않는 범위 바깥으로 몸을 놀리고, 나를 적극적으로 지키려 한 시도는 복싱의 성과였다. 짧은 운동의 경험은 나를 잠깐 쥐었다가 놓으며 지문처럼 흔적을 남긴다. 그것들은 대부분 보이지 않으며 인지할 수 없다. 불시에 불쑥 솟아오르고서야 그 진가를 알아볼 수 있다. 나의 경우 복싱은 한 달 5킬로그램 감량도, 눈에 띄는 근력 증가도, 화려한 기술도 가져다주지 않았다. 대신 위급 상황에서 느끼는 무력감을 한 스푼 크게 덜어갔다. 별것 아니지만 엄청나게 별것이기도 한 변화다.

SUPER
POWER
SUPER PO

## # 찍어 먹는 아쿠아로빅

물 위에 우아하게 떠 있는 백조가 사실 물 밑에서 치열하게 발길질을 한다? TV 광고에도 나올 만큼 유명한 이 말은 '보이지 않는 곳에서 기울이는 노력'을 은유한다. 그리고 틀렸다. 백조는 노력 없이 그냥 우아하다. 방수복과 같은 공기가 찬 깃털과 몸 안의 부레와 같은 기낭, 공기가 들어 있는 뼈 조직으로 인해 몸이 저절로 뜨기 때문이란다. 그래도 이런 뜻의 말을 계속 쓰고 싶다면, 아쿠아로빅을 해보라고 권하련다. 평온한 상체와 물속에 잠긴 치열한 하체의 단짠단짠을 맛보세요.

고질적인 관절염이 슬슬 다시 신경을 긁는 봄, 나는 아쿠아로빅을 시작했다. 노인들이나 하는 운동 아니냐는 놀림을 받았지만 알 게 뭐람. 관절만 허락한다면 일흔 살이 되어서도 젊은이들이 하는 운동을 하리라! 불꽃 검색으로 아쿠아로빅 수업을 하는 센터를 찾았다. 집에서도 가까운 데다 8시 수업을 등록하면 10시 출근이 가능했다. 수영을 꺼린 이유 중 하나였던 수영복 문제는 5부 바지로 만들어진 아쿠아로빅복을 발견하고 말끔히 해결되었고, 다음 주부터 당장 시작할 수 있었다. 모든 조건이 딱딱 맞아떨어졌다. 마치 내가 아쿠아로빅을 선택할 수밖에 없도록, '이진송 키우기'라는 게임을 구매한 게이머가 모든 조건을 맞추어놓은 것 같았다.

엠넷에서 시즌 4까지 방송한 아이돌 데뷔 서바이벌 프로그램 「프로듀스」 시리즈에서는 제일 실력이 뛰어나고 인기가 많은 연습생이 대열의 가운데 서는 '센터'가 된다. 상대적으로 실력이 떨어지거나 등급 평가에서 F나 X를 받으면, 구석에 처박히거나 아예 무대에 오를 수 없다. 아쿠아로빅반의 센터는 경력이 길고 추임새를 잘 넣는 회원님이었고, 그를 중심으로 자리가 배정되어 있는 듯했다. 아쿠아로빅반에서 위치 선정이 얼마나 중요하며 얼마나 자주 분란의 원인이 되는지 풍문으로 들었던 나는 처음부터 모든 대열이 완성된 뒤 눈치껏 맨 끝 구석 자리에 합류했다. 다행히 아무도 나를 지적하지 않았다. 그때부터 거기가 아쿠아로빅 반의 F등급이자 막내이며 신입인 나의 자리였다. 아이돌 그룹에는 각 멤버마다 정해진 자리가 있는데, 이를 침범하거나 틀리면 논란이 된다. 내가 처음부터 가운데 자리로 나아갔더라면 나는 불문율을 깬 죄로 70여 명의 노여움을 샀을지도 모른다.

음악이 흐르고 수업이 시작되었다. 키가 조금 큰 편인 나에게는 상대적으로 물 높이가 낮았다. 그러다 보니 어깨와 팔을 움직이는 동작에서 팔이 물 밖으로 불쑥불쑥 솟아올랐고, 물살을 일으켰다. 어우! 내가 튀긴 물을 맞은 전후좌우 회원님 중 한 사람이 얼굴을 찌푸리고 나를 돌아보았다. 흑흑 성난 얼굴로 돌아보지 마세요, 신입이라 그렇습니다, 상냥하게 대해주세요… 나는 젖은 얼굴을 훑어내리는 선배님(?)들에게 최대한 불쌍하고 온순한 표정을 지어 보였다. 코도 찡긋거리고 막. 그래서 무릎을 낮추어 기마 자세를 취했다. 가슴 부근이 물에 잠기자 다른 회원님처럼 팔을 번쩍 들거나 휘저어도 아직 물속, 물을 튀기지 않을 수 있었다. 그때부터 나의 아쿠아로빅에는 은밀한 기마 자세 옵션이 추가되었다.

가슴을 기준으로 나뉘는 상하체 분단 운동! 차분한 어깨와 황망한 팔다리! 선생님이 시키는 동작을 틀리든 말든 표정만은 아쿠아로빅 국가대표! 그다지 힘들지 않았지만 열심히 따라 하다 보면 이마에 땀이 송글송글 맺혔다. 관절 강화라는 목적에 맞추어 물살을 밀어낼 때마다 물의 저항성을 만끽했다. 아쿠아로빅의 동작은 대부분 루틴이 정해져 있었지만 나는 워낙 몸치여서 많이 헤맸다. 요즘에는 춤을 잘 못 추면 '뚝딱거린다'고 표현하는데, 내가 바로 8시 수업의 대표 뚝딱이. 다행히 물속에서 무슨 일이 일어나는지 알 수 없으니, 틀리는 걸 들키기 싫어하는 나에게 최적화된 운동이었다. 70명이 비슷한 모자를 쓰고 어깨 위로만 내놓는 아쿠아로빅이 얼마나 은폐, 엄폐되냐면 우연히 같은 수영장에 다니던 지인이 수업 중인 아쿠아로빅반 앞을 지나가면서도 나를 알아보지 못했다.

물론 재미를 느껴도 시간이 안 가는 것은 마찬가지였다. 운동의 법칙이랄까? 이쯤 하면 충분하다 싶어 시간을 보면 20분이 지나 있고, 물속에서 괴성을 지르며 흐느적거리는 내가 문득 웃기게 느껴지는 고비는 35분, 40분이 넘어서면 오늘은 언제쯤 스트레칭 음악이 나올까 눈치를 보고, 50분 수업이 끝나면 그제야 운동을 좀 더 해보겠다고 혼자 수영 발차기 동작을 5분에서 10분 정도 하다가(의미 없음) 나오는 나날.

나는 맨 끝 자리에 아무 불만이 없었지만 생각지 못한 단점이 하나 있었다. 오른쪽, 왼쪽 번갈아가면서 몸을 틀다 보면 어린이 풀장에서 아쿠아로빅반을 구경하는 사람과 눈이 마주쳤다. 아쿠아로빅을 할 때는 수영 수업이 없기 때문에 끝나기를 기다리는 자유 수영 혹은 다음 시간 수영반 회원이었다. 다 남자였고, 팔을 괸 채 빤히 쳐다보는 낯선 이를 마주 보고 어기야디야를 하는 기분은 그다지 상쾌하지 않았다. 맨 끝 자리인 나는 시선을 돌릴 곳도 없이 그들과 마주 봐야 했다. 신경 쓰면 지는 거라면서 더 힘차게 푸드덕거렸지만, 운동 공간에서 남을 빤히 쳐다보는 사람의 무례함을 내가 왜 힘내서 극복해야 하는지 정말 모를 일이다.

아침 8시 수업에 가려면 7시 20분쯤 일어나야 했다. 보통의 직장인에게는 평범하거나 느직한 기상 시간이지만 대부분 학생, 프리랜서, 10시 출근 생활을 해온 나에게는 꼭두새벽처럼 느껴지는 시간이었다. 하지만 새벽 3시, 4시까지 작업을 하다가 잠들어도 7시면 눈이 번쩍 떠졌다. 늦잠이나 게으름 때문에 아쿠아로빅을 빠진 적은 한 번도 없다. 그렇게 출석 기록을 세우기 시작하면, 퀘스트 깨는 데 집착하는 성격이라 가속도가 붙는다. 오늘은 가지 말까, 하는 생각이 들다가도, 출근해서 동료들이 "오늘도 다녀왔어?" 물을 때 자신만만하게 'YES'를 외쳐야 한다는 생각에 벌떡 일어났다. 아침 운동은 저녁보다 변수가 적고, 몸에만 배면 생각보다 할 만한 데다, 자신과의 약속을 지킨다는 '자기 효능감'이라는 뿌듯함도 안겨주는 것 같다.

아쿠아로빅을 시작하고부터 얼굴이 환해졌다는 소리를 많

이 들었다. 동료들이 왜 이렇게 얼굴이 좋아지냐고 물으면 "락스물에 씻어서 그래" 하고 웃어버렸다. 한동안 락스물 세안이라는 농담이 잘 먹혔다. 아마 혈색의 문제일 것이다. 억지로 일어나 퉁퉁 부은 얼굴로, 어떤 알 수 없는 강력한 힘(=월급)에 멱살 잡혀 질질 끌려올 때와, 정체불명의 짬뽕 운동요 리스트에 맞춰 웃다가 헐떡거리다가 허우적거리다가 다 함께 폴짝 뛰며 "수고하셨습니다!"를 외치고 나올 때의 컨디션은 다를 수밖에 없으니까.

## # 인싸의 습격

아쿠아로빅을 다닌 지 얼마 되지 않은 어느 날이었다. 대략 70여 명의 회원님 중 20~30대의 회원은 나를 포함한 세 명이다. 그중 한 명은 만삭의 임신부였다. 그분이 샤워를 마치고 손에 보디 크림을 덜고 있을 때, 갑자기 한 여성이 손바닥의 크림을 덜어가더니 임신부 회원님의 등짝에 토닥토닥 펴 바르며 물었다.

"예정일이 언제야?"

임신부 회원님이 대답하자 보디 크림 회원님이 등을 찹찹 두드리며 웃었다. 그 옆에 선 나는 두 사람이 초면이라는 사실을 알고 있었다. 불과 어제 보디 크림 회원님이 샤워실에서 나의 등짝을 거품으로 마구 문질렀기 때문이다. 나는 화등잔처럼 커진 눈으로 가슴 앞에 X를 그리며(아씨) 돌아보았다. 그분이 상냥하게 말했다.

"나도 좀 문질러줘."

나는 홀린 듯 그분이 내민 스펀지를 받아 등을 닦아주었다. 목욕탕에서 가끔 혼자 온 사람끼리 등을 밀어준 경험은 많지만 이런 식의 터치는 처음이었다. 친화력이 타의 추종을 불허하는 '인싸'였다.

수영장의 인싸는 한 명이 아니었다. 샤워실 입구에서 마주친 또 다른 회원님은 자신의 소지품에 내가 얻어맞자 "아이구, 어떡해~!" 하면서 손으로 한참 주물러주었다. 어디를? 방금 맞은 내 엉덩이를…. 아쿠아로빅이 끝나면 내 옆줄에 있던 분이 환하게 웃으며 나에게 "힘들죠?" 하고 말을 걸었다. 탈의실에서 '올바른 아쿠아로빅 기본 자세'를 열성적으로 강의하던 회원님은 옆에 있던 나에게 "맞지? 한번 해봐요!" 하고 말했다. 나는 팬티를 끌어 올리다 만 어정쩡한 자세로 '누구세요?' 하는 얼굴을 했지만, 회원님의 눈은 역량이 뒤떨어지는 선수를 재촉하는 코치처럼 진지했다. 로비에 나와서 머리를 말리는데 갑자기 앞에 당근 조각이 불쑥 튀어나왔다. 아침 수업이 끝나면 로비에 모여앉아 집에서 싸온 음식을 나눠 먹던 무리

중 한 분이었다. 받아서는 안 된다고 나의 본능이 소리 질렀다. 그러나 유교 국가에서 32년 살아온 내 손이 더 빨랐다. 감사합니다, 하고 외친 입도. 당근을 미끼로 나와 대화를 트는 데 성공한 외교 대표 사절이 미소 지었다.

"처녀야 애 엄마야?"

아아, 몇 주간 굳건하게 지켜온 흥선대원송의 쇄국정책(?)이 흔들리는 순간이었다.

악마는 프라다를 입고 인싸는 수영장에 다닌다. 아니다. 인싸는 어디에나 있다. 특히 운동 공간의 인싸는 경력이 찰수록 친화력과 오지랖도 함께 차오르고, 아드레날린이 분비된 상태여서 그런지 활력이 넘친다. 중년 여성들의 인싸력은 유리알처럼 연약한 2030 여성들의 퍼스널 스페이스를 뚫고 훅 들어온다. 내가 아쿠아로빅을 하다 겪은 일을 이야기하자 친구들이 허리를 짚고 웃으며 자신이 만난 인싸 회원 이야기를 해주었다. 야, 나는 갑자기 등 뒤에서 수영복 끈 올려주면서 어디서 샀냐고 물어봄, 나는 암벽 등반하다가 소개팅 주선 받음(잘 안 됨), 나는 자기 텀블러에 있던 물 먹여줌(둥굴레차였어)….

대체로 운동 선배로서 허우적거리는 '뉴비'를 돌보려는 선한 의도에서 비롯된 재미있는 일화다. 친목은 운동에 재미를 붙이는 계기이고, 우리 사회에서 중년 여성은 돌봄을 내면화한 경우가 많으니 나쁜 의도가 아니라는 것도 안다. 그래서 나도 웃으며 대하거나 적당히 맞장구친다. 그러나 동시에, 내가 받았던 질문처럼 '인싸'의 접근은 미묘한 영역에 걸쳐 있다. 사생활의 경계와 다양한 삶을 존중하는 감각이 아직 부족한 한국 사회에서 낯선 사람 간의 대화는 곧잘 타인의 정상성을 감별하는 절차로 변모한다. 자칫하면 입방아에 오를 위험이 따르는 것이다.

평일 아침, '보통의' 출퇴근 시간보다 늦게 진행되는 수업에 나타난 나는 꽤 호기심을 자극하는 존재였다. 항상 후다닥 들어갔다 나갔고, 누가 다가오면 몸을 돌리는 등의 비언어적 행동으로 대화를 차단했다. 몇 살인지, 결혼은 했는지, 안 했다면 그 나이까지 왜 안 했는지, 할 거면 언제 할 건지, 비혼주의자라면 왜 '그런' 선택을 했는지, 만나는 사람은 있는지, 무슨 일을 하길래 이 시간에 여기 있는지… 줄줄이 사탕처럼 이어질 질문 타래를 예감했기 때문이다.

하도 덴 적이 많다 보니 일회성 만남에서 '나는 기혼 여성, 결혼 3년 차, 아직 자식은 없고 남편은 어디 외국에 나가 있다'라는 가짜 알리바이로 탈출하기도 한다. 그런데 주 3회 수업은 너무 자주 만난다. 한번 벽이 무너지면 다정하고 친절하고 무례한 참견이 거센 물살처럼 쏟아져 들어올 터였다. 거짓말은 거짓말을 낳으니 아예 처음부터 나에 대한 정보를 흘리지 말자. 나는 '쌀쌀한 요즘 것'을 연기하며 인싸 회원님들과 거리를 유지했다. 보통 먼저 말을 걸거나 누가 말을 걸면 잘 받아주는 내 성격은 고이 접어 나빌레라.

또 상대적으로 '어린 여자'라서 나의 몸에 동의 없이 손을 대기가 쉬웠을 것이다. 이런 일은 생각보다 촘촘하고 미세한 권력 차에 기반한다. 사회적 약자일수록 신체의 자율성을 쉽게 침범당한다. 성인은 함부로 아동에게 뽀뽀하거나 볼을 꼬집고, 정치인은 시장에서 만난 시민의 손을 덥석 잡고, 교사는 학생의 옷차림을 단속하고, 비장애인은 장애인의 의사와 상관없이 포옹하며 기념 사진을 찍고, 남성은 여성에게 성범죄를 저지르고, 경제적 빈곤층은 후원을 요청하는 영상에서 초상권을 보장받지 못한다. 이 접촉과 침범이 '선한 의도'로 포장될수록 약자는 불쾌감을 드러내거나 거부하기 힘들다. 이해를 강요 당하기도 한다. 예뻐서, 귀여워서, 도와주고 싶어서(동의 없이 장애인의 신체나 휠체어·인공와우 같은 신체의 일부를 만질 때) 그랬는데….

하지만 생각해보자. 어떤 상황과 의도에서든, 내가 나보다 한참 나이가 많거나 사회적 위치가 높은 사람의 몸에 멋대로 손댈 일은 거의 없다. 유교 강국 코리아에는 스승님의 그림자도 밟지 않는다는 말이 있다.

아쿠아로빅을 시작하기 전, 인터넷 검색을 해보니 많은 사람이 나와 같은 걱정을 하고 있었다. 자꾸 사적인 질문을 받거나, 아쿠아로빅 대표 인싸 회원과 다퉈서 왕따가 되거나, 자신들의 룰을 따를 것을 요구해서(모두 똑같은 모자를 써야 하니 이 모자를 새로 사라) 그만두었다는 후기도 읽었다. 그에 비하면 내가 겪은 일은 아주 얌전하고 무난한 수준이었다. 하지만 어떤 강도든 운동할 때 타인의 평가와 감정 노동을 고려해야 하는 것은 이상한 일이다.

인싸는 소위 '사회생활'을 잘한다는 '인사이더'의 준말이다. 낯선 사람에게도 선뜻 다가가는 친화력이 강점이다. 하지만 다수와 잘 어울린다는 장점은 기존 사회의 감수성이나 보편의 기준에 충실하다는 뜻이기도 하다. 이러한 태도는 특정 생활 양식이나 정체성에 부합하지 않는 사람에게는 폭력적일 수 있다. 하지만 우리 사회는 인싸와 아싸로 우열을 나누고, 인싸를 권하고, 인싸를 불편해하는 아싸를 사회성이 결여된 자로 몰아간다.

건강하고 활기찬 나의 인싸 회원님에게 이런 생각을 납득시킬 수는 없을 것이다. 발가벗고 샤워실에서 마주치는 우리의 환경 역시 깊고 지적인 대화를 나누기에 적절하지 않다. 나

뛰지마세요

는 그저 묵묵한 아싸로 버티기로 했다. 인싸 회원님이 불편하면서도 애틋하고, 싫으면서도 사랑스러운 내 마음. 세상이 멸시하는 중년 여성의 호의와 친절을 '아줌마 오지랖'이라고 폄하하고 싶지 않다. 다만 내게 너무 뜨거운 호의는 적당히 웃어넘기면서, 결코 인싸의 문법대로 친해지지는 않을 것이며, 무례와 폭력의 영역으로 넘어가는 발언은 과감히 저지하겠다고 다짐한다.

## # 문무겸비 그녀

황은 스무 살부터 친하게 지낸 언니이고, 대학원 선배이기도 하다. 나를 처음 복싱 센터로 인도한 것도 황이다. 나는 일찌감치 나가떨어졌지만 황은 특유의 꾸준함으로 한 우물을 계속 파서 8년이나 복싱을 했다. 체력 운동으로 크로스핏도 1년 했고, 지금은 2년째 주짓수를 하는 중이다. 체육관에 다닐 때 황이 샌드백을 먼지 나게 패고 있으면 누군가 조심스럽게 관장님에게 물어보곤 했다. "저분은… 선수 준비하세요?" 눈보다 빠른 주먹을 자랑하는 황은 선수도 아니고 인간 병기도 아니고, 흔히 '책상물림'이라고 하는 학자다. 책상에 오래 앉아 있는 직업이다 보니 취미는 좀 활동적인 것을 하고 싶었고, 그런데 여성들에게 많이 권하는 요가나 필라테스는 싫었다. '운동=다이어트'라는 공식에 질린 황을 사로잡은 것은 '문무양도'라는 말. 그렇게 황의 문무겸비 여정이 시작되었다.

황이 운동을 좋아하는 이유는 로드워크나 크로스핏 같은 기본 체력 훈련 뒤에 본격적인 기술 운동을 하고 나서 드는 '적립'의 감각이다. 내가 오늘 무언가를 했다는 느낌. "결과가 바로 눈에 보이지 않지만 꾸준히 이어가면 배신 없는 두께로 돌아온다는 점에서 공부와 운동이 일맥상통한다." 사극 같은 데 많이 나오는, 시도 잘 짓고 활도 잘 쏘는 사기 캐릭터 같은 말이었다. 당장의 결과에 연연하며 조금 지루하다 싶으면 바로 그만두는 나는 황에게 인바디 결과에 변화가 없다고 징징거린 적이 있다. 황은 긴 운동 경력에 비해 자신도 근육량이 크게 늘지는 않았다며, 수치보다 퍼포먼스할 때 스스로 나아진 걸 느끼면 나아진 거라고 했다.

생각해보니 몸의 변화는 내가 가장 뚜렷하게 느끼고 있었다. 복근과 등근육이 발달하면서 구부정하던 자세가 많이 좋아졌고, 통증이 사라졌다. 예전보다 근육이 더 단단해졌고 아침에 일어나기도 훨씬 수월했다. 변수가 있는 검사 기기보다 나의 24시간을 운영하는 동력에 집중하자 성과에 대한 집착이 무의미하게 느껴졌다. 어쩌면 나도 황의 말처럼 당장은 눈에 보이지 않을 뿐, 무언가를 조금씩 적립하는 중이 아닐까? 그랬으면 좋겠다.

격투기에 꾸준히 임한 10년은 황이 여성의 몸이라는 한계를 넘어서는 경험의 연속이었다. 정확히 말하면 세상이 여성의 한계라고 규정해버린, 비좁고 연약한 범위를. 여자는 힘이 약해 결국 남자한테는 안 된다는 명제가 통념에 불과하다는 것도 알게 되고, 몸의 잠재력을 깨닫기도 했다. 황과 길을 걷다가 취객이 시비를 건 적이 있는데, 주눅 든 나와 달리 황은 "뭐야? 해보자는 거야?" 하고 덤덤하게 말했다. 야외가 아니었다면 "매너가 사람을 만든다"라며 문을 걸어 잠갔을 포스였다.

여자는 결국 남자에게 안 된다는 말. 여자라는 이유만으로 전문 선수의 기량을 무시하고 '일반인' 남자가 도전장을 던지는 경우는 흔하다. 육상 유망주 양예빈 선수와 '좀 뛴다는 성인 남성 달리기 대결' 같은 영상이 무려 KBS 대전 뉴스에서 기획되는 현실…. 이런 단순한 일반화는 다양한 개인의 차이를 지워버릴 뿐 아니라, 일찌감치 여성의 한계를 결정하고 운동의 의미를 폄하한다. 운동이 한계 돌파의 반복이라는 점을 감안하면, 이를 제약하는 말이 얼마나 고약한지 새삼 되돌아보게 된다. 어떤 여자는 어떤 남자에게 안 되겠지만, 어떤 남자는 어떤 여자에게 안 될 것이다. 함께 복싱을 다닐 때 누가 봐도 체육관의 에이스는 황이었으니까.

때리면 안 된다는 금기를 깬 것도 성과라고 했다. 사람을 때리자는 말이 아니라 유독 여자에게만 적용되는 엄격한 기준에 대한 이야기다. 어릴 때 드세다는 말 좀 들었던 여자아이치고 '조폭 마누라' 아니었던 자 푸처핸접? 요즘에는 이 힘센 여자에 대한 조롱이 '캡틴 마블'로 바뀌었다는 소식을 듣고 좀 착잡해졌다. 짓궂은 남자아이에게서 친구들과 자신을 지키느라 바쁜 여자아이를 꽉 죄어오던 금기의 압력. 남자아이는 맞고 오는 것보다 때리고 오는 게 낫다면서, 여자아이가 싸우면 세상이 뒤집어진 양 호들갑을 떨던 어른들. 남자아이의 주먹다짐은 뜨거운 우정을 다지는 이벤트 중 하나로 연출하면서 여자아이의 싸움은 '머리채' 정도로나 표현하는 미디어.

여자의 물리적 힘 행사를 괴상하고 기이한 것, 특별한 폭력성의 표출 정도로 만들어버리는 관습 안에서 복싱과 주짓수는 황에게 자신의 힘을 긍정하고 정확하게 행사하는 법을 알려주었다. 스스로를 보호할 수 있다는 용기와 자신감도. 황은 운도 따랐다. 좋은 관장님과 선생님을 만나, '운동하는 내 몸을 바라보는 시선을 바라보는 나'에 구속되지 않고 운동할 수 있었다고 한다. 그런 재미가 아니라면 아무리 당위가 충분해도 꾸준히 하기는 힘들었을 것이다. 운동은 몸과 마음이 모두 따라야만 하는 행위다.

황은 똑똑하고 힘도 세다. 여자에게 중요하지 않다며 부득부득 평가절하당하는 지력과 전투력을 갖췄다. 그런 평가를 보란 듯이 짓밟으며 황은 오늘도 책을 읽고 암바를 건다. 기본 체력이 있으니까 새로운 일이나 운동을 시작할 때도 두려움이 없는 편이다. 내가 뱁새의 장딴지라면 황은 황새 같다. "복싱은 필요할 땐 사정없이 강해질 필요가 있다는 걸 알려줬고, 주짓수는 그럼에도 부드러움과 여유를 잃지 말아야 함을 알려준 운동"이라고 말하는 황은 얼마 전 주짓수 블루벨트가 되었다고 자랑했다. 부럽다, 나는 블루보틀 커피 줄이나 서고 있는데….

# # 운동요의 세계

얼마 전까지만 해도 헬스클럽에 다녀오면 "아, 맞아. 이어폰!" 하고 이마를 칠 때가 많았다. 헬스클럽 운동복 주머니에 이어폰을 넣어놓고 까먹은 것이다. 트레드밀을 달리다 보면 주렁주렁 늘어진 이어폰 선에 손이 걸려 툭 뽑히기도 했다. 이제는 블루투스 이어폰이 보편화되어서 그런 풍경을 보기 힘들다. 무선 이어폰은 운동할 때도 훨씬 편리하고, 귀에 늘 꽂고 다니니 호주머니에 둘둘 감긴 이어폰을 두고 갈 일도 없다. (한쪽만 남은 에어팟 수천 개가 오늘도 지구 어딘가에서 애처롭게 울고 있겠지만) 좋아하는 운동요를 찾고 플레이 리스트를 짜는 것도 운동에서 꽤 중요한 요소다. 조상님이 노동요로 농사의 고단함을 달랬다면 운동 인구는 운동요로 호랑이 기운을 불태운다.

노래 취향은 사람마다 다르더라도 운동할 때 듣는 음악에는 예측 가능한 지점이 있다. 음원 사이트나 유튜브에서 '운동하기 좋은 노래'를 찾아보면 비트가 빠르고 신나는 노래가 대부분이다. 그 안에는 또 다양한 스펙트럼이 있지만 나는 음악을 잘 모르는 '음알못'이니까 그냥 나에게 활력을 주는 노래를 고른다. 아무리 좋아해도 이소라의 노래를 들으며 뛰기는 힘드니까. 당장 트레드밀 위를 달려야 하는데 이불을 뒤집어쓰고 눈망울이 촉촉해지는 기분에 빠져서는 곤란하다.

나는 주로 케이팝으로 플레이 리스트를 채운다. 달리기를 할 때는 쿵쾅거리는 빠른 음악을, 근력 운동의 지루함을 견뎌야 할 때는 일명 '수능 금지곡'으로 통하는 중독성 강한 후크송을 주로 듣는다. 원래 아이돌 음악을 좋아하기도 하지만, 무대를 소화하는 가수처럼 3분 30초간은 쉴 새 없이 다리를 움직이며 춤을 춘다고 생각하면 운동에 더 몰입하게 된다. 음악 방송에서 본 그들의 안무를 떠올리며, 생방송이라고 상상한다. 춤이 격렬할수록 내 안의 내적 댄서, 나무토막처럼 뻣뻣하고 영원히 은둔한 채 살 예정이라 오직 나만 볼 수 있는 (그 사람… 나만 볼 수 있어요… 내 눈에만 보여요…) 존재가 폭발해서 운동에 탄력을 가한다. 아이돌 그룹마다 콘서트에서 '다들 일어나세요!'를 외치려고 만든 '강제 파티곡'이 있어서 그런 신나는 곡을 찾아내는 재미도 쏠쏠하다.

운동 종목에 따라 잔잔한 음악이 선호되기도 한다. 스피닝처럼 미친 듯이 페달을 밟는 운동과 요가처럼 명상과 호흡이 중요한 운동에서 듣는 음악이 바뀐다면? 경축! 아수라장 개장 파티! 필라테스를 할 때 강의실 바깥에서는 '멜론 차트 100'으로 추정되는 음악이 흐르곤 했다. 나는 복근이 터지기 일보 직전인데 사랑을 시작해서 좋으냐고 청승맞게 울어젖히면 그렇게 짜증스러울 수가 없었다. 백예린이 그건 아마 우리의 잘못이 아닐 거라고 속삭이면 땀에 흠뻑 젖어 '잘못이 없는데 왜 이런 시련을?' 하고 어리둥절해졌다. 운동과 운동요의 궁합이 이렇게 중요하다. 단체 운동에서는 선생님의 선곡이 모두의 운동요가 되는데, 내 기준 가장 허를 찌르는 조합은 아쿠아로빅 수업에서 만났다.

이른 아침, 잠에서 덜 깬 채 물에 몸을 담그고 있다가 케이팝 러버의 심장을 떨리게 하는 전주를 듣고 눈이 번쩍 뜨였다. 티아라의 「롤리폴리」였다. 첫 수업부터 흥이 바짝 올랐다. 나는 명곡을 듣는다고 바로 그 노래의 춤이 출력되는 실력자도 아니고, (댄스 수업에서 나무 1처럼 묵묵히 서 있는 사람이 나였

다) 그저 아쿠아로빅을 하는 중이었지만 내 취향의 노래를 만나자 광대가 살짝 솟아오르는 것은 어쩔 수 없었다. 「롤리폴리」가 끝나니 곧바로 AOA의 「심쿵해」가 수영장을 쩌렁쩌렁 울렸다. 묘하게 현재와 몇 년의 간격을 둔 케이팝 메들리는 나를 번쩍번쩍 들어 7년 전, 5년 전, 3년 전으로 옮겨놓았다.

케이팝 고인물인 나는 여기가 코인 노래방인지 수영장인지 알 수 없는 상태로 열심히 모모랜드의 「뿜뿜」에 맞춰 허우적거렸다. 그때 갑자기 노래가 바뀌었다. 「사랑은 장난이 아니야」. 트로트요? 갑자기요? 원곡도 아니고 알 수 없는 비트가 섞인 편곡 버전이었다. 내가 약간 멈칫거리는 사이, 주변 회원님의 광대가 뽈록 솟아올랐다. 앗, 여기서부터는 그분들의 취향 구간이었다. 그때부터 「무조건」, 「짝사랑」, 「둥지」가 폭풍처럼 휘몰아쳤다. 아직 내 몸에는 티아라가 남아 있지만 단체 운동의 특성상 재빨리 남진의 바이브를 따라가야 했다. 그런데 수업이 막바지에 이르러 스트레칭 시간이 되자 갑자기 세상에서 가장 슬픈 이별 노래가 나왔다. 아니 아침 8시 45분에 「끝사랑」을 들으며 나의 목과 어깨를 느리게 돌리는 날이 올 줄은…? '엠카운트 다운'과 '가요무대'와 '나는 가수다'를 오가는, 세대와 시대와 장르의 선을 넘나드는 파격적인 선곡이 정신을 쏙 빼놓았다.

사실 티아라고 남진이고 김범수고, 모든 동작은 거기서 거기였다. '관절을 강화'하고 '수중에서의 저항을 최대화'하려는 목적의, 팔 다리 뻗고 허리 비틀고 가끔 콩콩 뛰는 아쿠아로빅이었다. 걸그룹 노래라고 갑자기 하트를 그리거나 트로트라고 동작이 간드러지는 것도 아니었다. 그런데 왜일까. 서로 성격이 다른 행사 세 개를 하루에 뛴 장윤정처럼 기진맥진해지는 것은…. 심지어 슬픈 발라드 대신 정체를 알 수 없이 리믹스된 클래식이 나오는 날도 있었다. 그러면 고독을 연기하는 발레리나 혹은 갈 곳을 잃은 해파리처럼 흐느적거리며 몸을 풀었다. 음악에는 그런 힘이 있었다.

아쿠아로빅을 다니면서 붙인 재미 중 하나는 그 혼종의 플레이 리스트였다. 선생님의 취향, 수강생의 연령과 취향, 운동에 적합한 비트와 리듬을 모두 고려하여 선별된, 모든 것이 뒤섞인, 음악계의 김치치즈피자탕수육 같은, 괴랄하지만 하나하나 뜯어보면 모두 명곡이며 한 시간 동안 음악에 몸을 맡기면 어느새 하나가 되어 있는, 모든 음악이 고속도로 테이프 판매자의 터치를 거친 듯 묘하게 '뽕삘'이 나는 운동요. 다음에는 무슨 곡이 나올까 기대하다 처음 듣는 트로트가 나오면 후렴 부분을 외워뒀다가 검색해보기도 했다. 모두 한 시대를 풍미한 노래였다. 아쿠아로빅을 다니는지 아쿠아로빅 다방 DJ 혹은 아쿠아로빅 디스코 팡팡에 심취한 것인지 알 수 없는 매력에 빠져 나는 열심히 허우적댔다. 항상 걸그룹 메들리만 돌리는 선생님이 가뭄에 콩 나듯 보이그룹의 노래를 틀어줄 때도 있었다. 그 역시 3~4년 전에 발매된 곡이었다. 언젠가는 선생님의 플레이 리스트가 2019년에 도착하길 바랐지만 그런 일은 적어도 내가 다니는 동안에는 일어나지 않았다.

# # '딸'의 체중이라는 문제

어느 여름, 나는 오랜만에 다이어트에 돌입했다. 계절마다 5킬로그램 정도가 왔다 갔다 하는 고무줄 몸인 내가 '각 잡고' 살을 뺄 때는 좀 복잡한 사정이 있다. 이번에는 두 달 뒤로 예정된 언니의 결혼식이 이유였다. 내가 결혼하는 것도 아닌데 왜 신부 관리도 아니고 신부 동생 관리 따위를 했는지 묻는다면 가정의 평화를 위해서라는 애국보수 같은 답변을 하련다. 결혼식에 입을 예복을 사야 하는데 기성복 정장 사이즈가 맞지 않았다. 나는 인과관계가 잘못된 분노에 몸을 떨었다. 언니는 왜 하필 지금 결혼한다고 나대는 걸까? 몇 달만 더 있으면 어차피 마라탕도 질려서 살이 좀 빠질 텐데 그때 할 것이지(언니가 왜…), 정말이지 눈치도 없어!

여성복의 사이즈는 44, 55, 66으로만 삼분할되고 이 중 어디에 속하는지가 여자의 가치를 결정한다고 굳게 믿는 세상에서, 해당 사이즈에 속하지 않는 몸은 철퇴를 맞는다. 멋대로 '표준'으로 설정된 사이즈보다 몸이 클 뿐인데 별의별 차별과 혐오 발언과 실생활의 불편이 뒤따른다. 아무나 나의 몸에 참견하고, 옷을 고를 때 선택지는 줄어들고, 사방에서 너의 몸이 부적절하다는 신호를 보낸다("어머 언니, 우리는 사이즈 없어!"). 나는 언니의 결혼식 준비 과정에서 내 몸과 예복이 이슈가 되는 것을 원하지 않았다. 가족과 함께 쇼핑하다가 사이즈 때문에 기분이 상해서, 혹은 눈물이 그렁그렁해져서 나오는 경험은 겪을 만큼 겪었다. '이성애의 아름다운 결실'을 축복하는 결혼식에서 튀고 싶지 않다는 마음도 한몫했다. 살을 빼지 못한다면, 오랜만에 만난 친척들에게 이제 시집가야 되는데 살 좀 빼라거나 저러니까 시집을 못 간다는 잔소리 폭격을 맞을 터였다.

선택을 해야 했다. 정상성의 기준에 맞춰 살을 빼는 것은 비겁한 타협이라는 생각이 들었다. 다이어트가 여성에게 어떤 의미인지 뻔히 아는 나라서 더더욱. 어느 쪽이든 나를 해치는 선택뿐인 현실은 나 혼자만의 사정이 아니다(이 이야기를 잡지 부록에 실었더니 꽤 많은 독자들이 공감했다). 결국 체중 감량을 목표로 삼았는데 그러자 이전까지 하던 운동이 성에 차지 않았다. 필라테스를 다시 시작해서 6개월 정도 하던 중이었다. 나는 필라테스를 재등록하는 대신 헬스클럽에서 트레드밀을 뛰기 시작했다. 발바닥 근육이 약해서 뛰는 것은 가급적 삼가야 했지만 빠르게 사이즈를 줄이는 데는 러닝이 가장 효과적이었다. 근손실을 피하려면 잘 먹어야 한다는 것을 알면서도 저칼로리 음식을 찾아다녔다. 근육은 지방보다 빨리 빠지고, 나는 시간이 없었다. 잔혹 동화에서 신데렐라의 언니들은 유리 구두에 발을 맞추려고 뒤꿈치를 깎는다. 기성복 사이즈 바깥으로 삐져나온 부분이 있다면, 그것이 설령 나를 단단하게 받쳐주는 근육이라고 해도 미련 없이 덜어내야 했다. 바보 같다는 걸 알지만 그렇게 했다. 감량 속도가 더디자 PT를 등록했다.

사회가 딸에게 부과하는 의무에 '뚱뚱하지 않을 것, 예쁠 것'이 포함된다는 사실은 기괴하고 명백하다. 이 의무는 애교 같은 감정 노동과 짝을 이룬다. '예쁜 딸이' '애교를 부려서' '아버지를 딸 바보로 만들고' '엄마의 스타일링을 잘 소화하여' 'SNS에 자랑할 만한 외양을 유지하는 것'이 새 시대의 바람직한 가정상이다. 정말이지 한국 여자, 아니 한국 딸 극한 직업 아니냐? 그러나 이러한 현상은 비단 유교 강국 코리아에만 국

한되지 않는다. 『모두 거짓말을 한다』는 구글에서 데이터 과학자로 근무하는 저자가 검색 데이터를 바탕으로 사람들의 생각과 욕망을 분석하는 책이다. 이 책에 따르면 '어린 자녀에 관련된 질문'에서 '내 딸이 과체중인가요?'라는 질문은 아들의 과체중을 묻는 질문보다 두 배 가까이 더 많다고 한다. 실제로는 여아보다 남아의 과체중 비율이 더 높은데도 말이다. 이렇게 딸의 체중은 전 세계 양육자, 특히 유전자를 나눈 부모, 그중에서도 엄마에게 너무나 중요한 문제다. 때로는 건강보다 더.

나와 함께 다이어트를 시작한 친구는 엄마가 상금을 걸었다. 딸의 체중을 관리하려고 감정적 학대(폭언)나 실질적 통제(음식 제한, 운동 강요 등)를 일삼는 '채찍질'은 많이 봤지만 보상과 같은 '당근' 요법은 처음 봤다. 물론 내 식견이 좁았을 뿐 가정 내 다이어트 챌린지는 생각보다 흔했다. 몇십만 원의 용돈부터 수백, 수천을 호가하는 상품까지 스펙트럼도 다양했다. 다이어트 한약이나 운동 등록 비용은 적극적으로 지원하지만 다른 비용은 무시하는 경우도 있었다. 채찍질이 직접적인 폭력이라면 당근은 다른 방식으로 딸의 피를 말린다. '살만 빼면' 된다는 달콤한 속삭임은 몸이 뜻대로 되지 않는다는 사실을 지운다. 좌절감과 자기혐오가 무럭무럭 자라날 수밖에 없다. 이 지경에 이르면 아파서 빠진 살을 반기고, 아파서 찐 살을 비난하기도 한다. 배우 배두나는 인터뷰에서 어렸을 때부터 엄마가 간장 종지에 밥을 담아줬다고 말했다. 그녀의 엄마는 적절한 영양 공급보다 적게 먹여서 마른 몸을 더 우선시하는 양육자였던 것이다.

나는 양친이 자식 잘 먹이는 것을 큰 즐거움으로 삼는 환경에서 자랐다. 그것은 어느 정도 내가 그들이 허용하는 '정상 체중' 안에 머물렀기 때문에 가능한 일이기도 했다. 입시 생활을 끝내고 스무 살이 되자, "돼지라도 좋으니 튼튼하게만 자라다오"를 입에 달고 살던 아버지가 처음으로 운동을 권했다. 여기서 운동이란 당연히 근력 증량이나 체력 향상이 아니라 체중 감량을 의미한다. 나는 이제 그들의 머릿속에서 '잘 돌봐줘야 하는 아이'가 아니라 '잘 관리해야 하는 여자'가 된 것이다. 살이 조금만 빠지면 "우리 딸 날아가겠다, 빨리 몸보신하자"라고 걱정하면서도 기성복 사이즈가 맞지 않으면 못내 속상해하는 눈빛. 나를 부드럽게 틀어쥐는, 사랑의 악력. 나를 부술 의도가 없더라도 원하는 모양으로 휘어지길 바라는 마음은 감추지 못한다. 이렇게 친밀한 사람이 나의 몸을 부정하거나 감시하는 감각은 정도의 차이만 있을 뿐 '딸'의 세계에 공기처럼 떠돈다.

결과적으로 나는 목표만큼 체중을 줄이는 데 성공했다. 기성복 안에 얌전히 안착한 몸 덕에 신부 대기실은 화기애애했다. 내 안의 분열과 굴욕과 슬픔에 대해서는 한 톨도 모르는 사람들이 "아따 둘째도 늘씬하네, 니도 금방 시집 가긋다!"라는 말을 덕담이랍시고 쏟아냈다. 나는 그날 박수 갈채를 받으며 결혼식 축사까지 잘 마쳤다. 어디 가서 말하는 걸로는 쫄아본 적 없지만, '딸'로서 '부모의 기'를 세워준 결정적 요소는 말발이 아니라 적당한 외모였다. 저체중인 언니는 너무 말랐다고 혀를 차던 어른들 보시기 딱 좋은 몸. "느그 딸 똑똑하드라, 근데 아가씨가 그리 살이 쪄서…"로 이어지는 사족을 떼어내려고 뛴 보람이 있었다. 기쁘지는 않았다. 왼쪽이냐, 오른쪽이냐의 선택에서 나는 오른쪽 발에 피를 흘리면서 왼쪽만 보이며 서 있는 꼴이었다.

언니의 결혼식이 끝나고 집에 돌아온 날 두 달 동안 참았던 라면을 두 개 끓여서 먹어치웠다. 꼬박꼬박 나가던 PT도 한동안 거들떠도 안 봤다. 골인 지점은 ○월 ○일 언니의 결혼식, 지퍼가 무사히 올라가는 정장이었기 때문에 그날 이후 운동은 아예 내 머릿속에서 증발한 상태였다. 그때 만난 PT 트레이너, 금쪽보다 귀한 여자 선생님이 아니었다면 나는 또 그렇게 기나긴 운동 권태기에 빠졌을 터였다.

GOOD
BETTE

## # 금쪽 같은 여자 트레이너

많은 여성이 헬스나 PT를 등록할 때 남자 코치에 대한 거부감으로 망설인다. '전문가에게 운동을 배운다'는 사실만 놓고 보면 뭐가 문제겠냐만은, 현실적으로 여러 문제가 있다. 몸매나 얼굴 평가의 대상이 되는 것은 아닐까, 생리 여부를 놓고 담백하게 이야기할 수 있을까, 원치 않는 접촉이 있진 않을까…. 예전 PT가 큰 장점을 느끼지 못한 채로 끝나기도 했고, 다니는 헬스클럽마다 PT를 권유했지만 딱히 확신을 주는 사람이 없었다. 여자 트레이너는 수 자체가 적고, 여자 트레이너를 내세운 운동 센터에 가더라도 예약을 잡기 힘들었다. 그렇게 내 인생에 PT는 다시 없을 줄 알았다.

여름이 되면 습도와 기압 때문에 발목이 더 안 좋아진다. 싼 맛에 등록한 필라테스 센터를 취소하고, 언니의 추천으로 EMS 운동 센터에 방문했다. EMS 운동은 전기 수트를 입고 전기 자극을 줘서 근육 수축을 유도하는 운동이다. 운동 자체는 생소했지만 언니가 1년 정도 하면서 근력 향상 효과를 본 참이라 진입장벽이 낮았다. 일대일 PT로 이루어지고 20분 동안 진행된다는 점, 무엇보다 여성 전용 센터라는 점이 큰 장점으로 다가왔다. 20분이면 보통 PT 시간의 3분의 1이니까 아무리 힘들어도 견딜 만하겠다고 생각했다. 여성 전용 센터였기 때문에, 수트를 입을 때 브래지어와 속옷을 탈의하는 절차도 비교적 마음이 편했다.

트레이너 선생님과 원하는 운동 방향과 몸 상태에 대해서 논의했다. 가장 먼저 근육을 쓰는 법부터 배웠다. 엎드려서 있는 힘껏 엉덩이를 조였다 풀거나, 누워서 호흡을 하며 복근의 움직임을 느끼는 시간이 좀 지루하게 느껴졌다. 나는 성격이 급하고 즉각적으로 눈에 보이는 성과에 연연하기 때문이다. 하지만 선생님은 끈질기게 그 지루하고 단순한 동작을 매 시간 반복해서 시켰다. 근육 쓰는 법을 알아야 고강도 운동을 소화할 수 있다고 했다.

"허벅지랑 엉덩이 근육이 몸에서 제일 큰 근육이에요. 이걸 쓸 줄 알아야 돼요."

어릴 때 배드민턴을 해서 제법 울근불근했던 하반신은 지속적인 다이어트와 보톡스 시술 등으로 근손실이 일어난 상태였다. 선생님은 내 엉덩이를 누르면서 소리쳤다.

"이렇게 손이 푹 들어가면 안 돼요. 더 힘줘요, 더더더더!"

부들부들 떨 정도가 되어야 겨우 엉덩이 근육에 어떻게 힘을 주는지 감이 좀 잡혔다. 보통 다이어트와 운동 자극은 당근과 채찍으로 구성된다. 당근이 칭찬이라면 채찍은 스스로의 상태에 대한 직시—라고 쓰고 수치심 주입이라고 부르는 게 옳은—다. 하지만 선생님은 언제나 당근만 주었다. 내가 어떤 동작을 잘하는지, 지금 하는 스트레칭이 어디에 필요한지, 이걸 하면 뭘 더 잘할 수 있고 어디에 도움이 되는지 알려주었다. 문득 입시가 끝나고 다니던 헬스클럽에서, 내 팔뚝과 뱃살을 꾹꾹 찌르던 남자 트레이너가 생각났다. 운동 지도를 위해서라고 생각하며 참았지만, 사실 평생 자신의 안전에 신경을 곤두세우고 사는 여성은 접촉의 의미를 기민하게 구별할 수 있다. 성추행은 아니었지만 멸시의 의미를 담은 손가락이었다. 내 몸의 상태나 근육을 점검하는 것이 아니라, 삐져나온 배와 처진 팔뚝 살을 처치의 대상으로 보는 터치. 그렇게 하면 내가 자극을 받아서 열심히 운동할 거라고 생각했을까? 채찍을 잘

못 휘두를 때의 불쾌감. 어째서 남자 트레이너가 불편했는지 새삼 곱씹어보는 순간이었다.

기초 동작을 하나하나 배워가던 와중에 조바심이 일었다. 할 수 있는 건 다 하는데 도통 체중이 줄지 않았다. 스트레칭 같은 운동의 강도가 너무 낮아서라고 판단한 나는 불만을 숨기지 않았다. 살이 안 빠진다고 투덜거리자 가만히 듣고 있던 선생님이 물었다.

"잠은 좀 주무세요?"

한 대 얻어맞은 것 같았다. 나는 오래전부터 잠을 줄여서 일하는 데 익숙했다. 시간이 부족하면 가장 먼저 잠을 줄였고 주말이면 밀린 잠을 몰아 자느라 이틀을 고스란히 날리기 일쑤였다. 기한 안에 살을 빼야 한다는 부담감 때문에 먹는 양도 줄인 상태였다.

"몸이 좀 쉬어야 살도 빠져요. 그리고 저희는 고도비만 아니면 식이 조절도 크게 터치 안 하고요. 폭식만 아니면 먹는 거 너무 무서워하지 마세요."

몸 상태도 모르면서 살이 안 빠진다고 짜증 낸 게 무척 부끄러웠다. 혼자 운동할 때, 다른 선생님이 다른 회원에게 비슷한 말을 하는 것도 들었다. 잠을 충분히 자고 챙겨 먹으라는 조언이었다. 가끔 시간이 안 맞으면 다른 선생님에게 PT를 받았는데, 그분들도 항상 나의 운동 능력을 칭찬했다. 선생님의 기준에서 보면 하찮은 수준일 텐데도.

설날을 맞아 선생님에게 줄 스타벅스 카드를 샀다. 작은 카드에 편지도 썼다. "운동 가르쳐주셔서 고맙습니다. 선생님도 그렇고, 여기 선생님들 덕분에 살에 대한 압박 없이 운동할 수 있어서 좋아요." 나중에 선생님이 말했다. "카드 너무 기뻤어요. 그게 제가 추구하는 운동 방향이거든요."

PT를 하는 동안 체지방은 늘기도 하고 줄기도 했다. 하지만 언제나 덤덤하고 담백한 선생님은 칭찬은 할지언정 비난은 하지 않았다. 부끄러워하는 나에게 근력 늘리는 게 힘든데 잘했다고 칭찬했다. 생각해보니, 체지방이 늘었다고 부끄러워하거나 눈치를 볼 이유는 전혀 없었다. PT의 목적은 대개 체지방 감량과 근력 강화지만 모든 행위가 목표를 달성하는 것은 아니다. 개인차는 물론 운동 기간의 여러 변수가 있다. 토익 학원에 등록한다고 모두가 원하는 토익 점수를 따는 게 아니듯이, 수영을 배우러 가도 모두가 같은 속도로 4주 안에 자유형을 마스터할 수 없듯이. 그런데 유독 PT를 할 때 '나'는 당연히 혼나고 통제 당해야 할 대상이고, 인바디 수치 하나하나에 죄책감을 느끼고, 트레이너에게 나를 함부로 대할 권리를 줘버린다. 운동 동기랍시고 팻 셰이밍(과체중 혹은 비만인 사람에게 공격적, 모욕적 언사를 하는 행동)을 하는 문화가 공기처럼 퍼져 있는 탓도 크다. 살이 쪘다고 죄송해할 이유는 어디에도 없다. 이 당연한 명제에 도달하기까지 참 오래 걸렸다.

8개월 동안 인바디를 두 번인가 할 정도로 수치에 무감하게, 대신 소화할 수 있는 횟수가 점점 늘어나는 기쁨에 몰두하며 운동을 했다. 느리지만 꼼꼼한 속도에 더 이상 초조해하거나 지겨워하지 않았다. 나처럼 등근육이 없는 사람에게 데드 리프트를 시키려고 선생님은 등근육 단련에 공을 들였다. 가능한 한 오래 이 선생님과 운동을 하고 싶었다. 하지만 나는 가는 곳마다 문을 닫게 만드는 종결의 아이콘. 운동 센터는 내가 다닌 지 8개월 만에 문을 닫았고 선생님은 이직을 하게 되었다.

얼마 전 선생님에게 생일 축하 카톡이 왔다. 나도 이직을 했다. 일이 좀 익숙해지고 시간 운용이 익숙해지면, 이 책을 들고 선생님에게 다시 운동을 배우러 가고 싶다.

# # 우당탕탕 수영 일기

유럽에 여행을 갔을 때, 크루즈에서 선원들이 여행객을 한 명씩 바다로 집어던졌다. 다들 영화의 한 장면처럼 바다 수영을 즐기는 가운데, 나는 혼자 튜브를 받아서 구조되었다. 어릴 때 수영을 배웠는데도 막상 물에 빠지자 팔다리를 어떻게 움직여야 할지 감이 안 왔다.

돌아와서 학교 수영장에 등록했다. 기초 수영 습득을 목표로 한 달만 다녀보기로 했다. 수영은 내가 가급적 피하고 싶은 운동 중 하나였다. 당시에는 탐폰도 생리컵도 사용하지 않았기 때문에 생리 기간에는 수영을 빠져야 하는 부담이 첫 번째 이유였다. 두 번째는 운동이 끝난 다음 축축한 수영복을 들고 다녀야 한다는 점, 세 번째는 수영복과 수영장 물에 대한 거부감이었고 네 번째는… 늘 그렇듯 그냥 운동이 하기 싫었다.

혼자 하면 또 수영장 기부 천사 리스트에 올라갈까 봐 친한 동생 K를 꼬셨다. 아침 7시 기초반은 아침잠이 많은 우리에게는 꽤 큰 도전이었다. 서로가 서로의 감시자, '어리분 하기에 따라 천사가 될 수도 악마가 될 수도 있는' 교관이 되어주기로 약속했다.

첫날 우리는 발차기를 배우고, 거울 앞에 쪼르르 늘어서 팔 휘두르는 동작을 배웠다. 괜히 쉬운 일에 땅 짚고 헤엄치기라는 속담이 붙은 게 아니듯, 그 단계까지는 쉬웠다. 어릴 때 배운 경험이 있는 나는 금방 발차기까지 뗐다. 학교 소속 체육대학원 학생으로 추정되는 선생님은 너그럽고 친절했다. 20대 초반 여자들이 으레 그렇듯 우리는 서너 살 위의 어른 여자인 선생님을 무척 좋아하고 따랐다. 그러나 그런 선생님마저 "그게 아니야!" 하고 두성으로 소리치게 하는 운동치가 있었다. 누구야? 하고 돌아보면 아아 그 님은…

K였다.

나는 모르는 척했다. 팔을 풍차처럼 돌리고, 킥판을 잡고 발차기할 때 혼자 사선으로 가는 K 옆에 있으면 나까지 과분한 관심을 받았기에 우정에 휴전을 선언했다. 그럴수록 K의 집착에는 불이 붙었다. 따개비처럼 나에게 달라붙는 바람에 우리는 오전 수영 수업의 못 말리는 콤비가 되어버렸다. K는 눈이 나빠서 안경을 벗으면 앞이 거의 보이지 않았는데, 수영 수업이 너무 힘든 나머지 10분에 한 번씩 "언니, 지금 몇 시야?" 하고 물었다. 수영 수업은 7시 50분까지였는데 7시 48분임을 확인한 나는 새침하게 "7시 20분이야" 하고 대답했다. 이미 다 같이 출발한 레인에서 몇 번이나 혼자 가라앉았던 K는 울먹이며 고개를 저었다. "그럴 리가 없어! 한참 수영했는데!" 그러더니 갑자기 우리 뒤에 줄 서 있던 사람을 붙잡고 "지금 몇 시예요? 7시 20분 아니죠?!" 하고 물었다. 내가 7시 20분이라고 뻥을 칠 때부터 웃음을 참느라 광대가 약간 솟아 있던 초면의 뒷사람이 내 눈치를 봤다. 내가 조용히 고개를 저었다. K는 대답하지 못하는 뒷사람을 붙잡고 지금이 7시 20분일 리가 없다고 하소연하다가 수업 종료를 알리는 선생님의 말에 원통해했다.

아, 날카로운 수영의 기억. 1초가 1분 같은 감각, 해도 해도 영원히 분침은 10에 도달하지 않을 것 같은 막막함, 저 옆에는 남들의 팔다리가 잘도 나가는데 물속에서 나 혼자 버둥거리는 듯한 외로움, 간신히 배영의 재미를 느낄 때쯤 내 머리를 걷어차는 앞사람의 힘찬 발길질… 끝나면 백만 대군처럼 몰려오는 흉폭한 배고픔.

물론 수영은 좋은 운동이다. 수영만의 장점이 있고, 수영을 인생 운동으로 삼은 사람들도 아주 많다. 『일간 이슬아』를 쓴 이슬아 작가는 어린 시절 오래 수영했던 경험을 매력적으로 풀어낸다. 『힘 빼기의 기술』을 쓴 김하나 작가는 힘을 빼야 물에 뜨는 진리와 삶의 태도를 연관 짓는데, 이러한 통찰은 본인의 수영 내공에서 나왔을 것이다.

안타깝게도 내게 수영은 항상 즐기는 운동보다 숙제에 가까웠다. 어릴 때는 물놀이 후 컵라면을 먹기 위해 넘어야 하는 관문이었고 자라서는 필수 이수 과목 같은 느낌이었다. 물속에서 느끼는 무력감과 창피함은 실제로 유사시 생존과 직결되는 위험이다. 다른 운동처럼 좀 힘들다고 도망칠 수 없었다. 반면 차라리 도망치는 게 나을 정도로 수영이 두려운 사람도 있다.

재작년에 독일로 유학 간 또 다른 친구를 만났을 때, 그 애는 30년 만에 처음으로 수영의 재미에 푹 빠져 있었다. 한국에서도 여러 번 배우려고 시도했지만 항상 실패한 친구였다. 물 공포증이 너무 심해서 물속에 머리를 넣는 것이 불가능했기 때문이다. 보통 자유형을 가장 먼저 배우는데, 발차기까지는 어찌어찌 따라가도 '음파음파' 호흡법에서 낙오했다고 한다. 독일의 수영 교실에서는 그런 친구에게 생존 수영을 먼저 가르쳤다. 일명 '개헤엄'이다. 친구는 물에 머리를 넣지 않아도 되자 비로소 몸에서 힘을 뺄 수 있었고, 처음으로 물에서 몸이 뜨는 경험을 했다.

"자유형이 사실은 되게 어려운 영법이래." 친구의 말을 듣고 보니 그랬다. 타이밍에 맞춰 고개를 양옆으로 돌리며 호흡해야 하는 것도, 물속에 머리를 담근 채 출발하는 것도, 팔을 적절한 각도로 움직이는 것도 쉬운 일은 아니었다. 주변에는 의외로 물 공포증 때문에 수영을 배우지 못하는 사람들이 많다. 대부분의 수영 교육이 출발점을 애초부터 너무 높이 잡는다는 생각이 들었다.

독일의 수영 교육은 10~12세까지 모든 아동이 안전하게 수영할 능력을 갖출 수 있도록 지도한다. '기본 수준'의 조건은 영법과 관계없이, 좋아하는 수영 자세로 바꿔가면서 100미터를 수영할 수 있는지 여부다. 제한 시간은 없다. 중등 단계로 올라가면 안전한 수영(200미터 수영. 처음 100미터는 한 가지 영법으로 제한 시간 안에, 나머지 100미터는 선호하는 영법으로) 능력을 갖춘 학생들은 자기 구조 및 타인 구조를 위한 응급조치에 대해 심화 학습한다. 운하가 많은 네덜란드는 옷을 입고 헤엄칠 수 있는지가 평가 기준이고, 일본도 초등학생 때부터 정규 수업으로 수영을 배운다.

유럽 여행에서 나를 바다에 집어던졌던 선원이 내게 물었다.

“학교에서 수영 안 배웠어?” 학교에서 수영을 왜 가르치지? 수영이 입시에 나오면 모를까… 나는 지중해의 따사로운 햇살 아래 늘어진 그에게, 의자에 묶여 대부분의 시간을 보내는 코리안 수험생의 매콤한 맛을 보여주고 싶었다. 그러나 그가 내 튜브의 줄을 잡고 있었기 때문에 은은하게 미소 지을 뿐이었다.

우리나라는 2014년부터 초등학교에 생존 수영 교육이 도입되었다. 도입 첫해에는 초등학교 3학년만을 대상으로 했으나 2020년에는 전 학년으로 확대될 예정이다. 생존 수영 교육에는 ‘기구 생존 뜨기’, ‘맨몸 생존 뜨기’, ‘체온 유지하기’, ‘이동하기’ 등이 포함된다. 세월호 참사 이후 뒤늦은 조치이지만 한편으로는 지금부터라도 꼭 필요한 교육이다.

그러나 현실적으로는 많은 보완이 필요하다. 교육부가 발간한 「초등 생존 수영 교육 운영 매뉴얼」에 따르면 수업 시간은 연간 열 시간에 불과하고, 이 중 네 시간이 생존 수영에 할애된다. 나머지는 자유형, 배영, 평영, 접영 등의 영법을 가르치도록 권고한다. 내 친구들처럼 개인마다 운동 능력과 물에 대한 경험치가 다른데, 짧은 시간에 습득하기에는 과도한 수준이다. 생존 수영의 진도를 따라잡으려고 사교육으로 수영을 미리 배운다거나, 수영 수업을 진행할 인프라가 부족하다거나, 현장에서 매뉴얼대로 진행되지 않는다는 언론 보도도 있다.

인프라 면에서는 가장 강세를 보이는 서울 지역 학교만 보더라도 수영장을 갖춘 학교는 전체 604곳 중 37곳에 불과하다.

시간이 많이 걸리겠지만 지금의 시행착오를 거쳐 생존 수영 교육이 안정적으로 안착되기를 간절히 바란다. 아름다운 영법이나 기록, 다이어트의 효과보다 수영의 효용이 더 부각되기를 바란다. 수영뿐만 아니라 수영에 대한 개인의 능력치나 신체 조건, 심리적 부담감이 다르다는 사실도 함께 교육해야 할 것이다. 특히 우리나라처럼 뻔히 물에 대한 두려움을 호소하는 연예인을 억지로 물에 빠뜨리는 예능을 재미있다고 내보내는 나라에서는 이러한 감수성 교육이 필수적이다. 개인의 특성까지 고려하는 수영 교육이라니, 일견 이상적으로 들릴 수도 있다. 하지만 그 성과가 더디더라도 꼭 필요한 역할을 해내는 것이 공교육의 존재 이유다.

지금으로부터 10년 전, 여초 커뮤니티에서 활발하게 활동하던 C 언니가 '문컵'이라는 단어를 썼다.

"그게 뭐예요?"

"나도 얼마 전에 알았는데, 컵을 질에 넣어서 생리혈을 받아내는 거야."

뭐를… 어디에 넣는다고요…? 듣기만 해도 잠자던 나의 질이 아프다고 아우성을 치는 것 같았다. 나는 좀 얼떨떨해져서 되물었다.

"그걸 어떻게 넣어요?"

"들어가지. 애도 나오는데. 나 쓰는데 엄청 편해."

C 언니는 '문컵'의 장점에 대해서 한참 설파했다. 의료용 실리콘이라서 안전하다, 씻고 삶아서 쓸 수 있기 때문에 위생적이다, 이름만 컵이지 실제로는 그렇게 크지 않아서 괜찮다, 잘 때 새지도 않고 편하고… 나는 총알을 튕겨내는 방탄유리처럼 그 말을 모두 흘려들었다. 말도 안 되는 일이고, 나와 상관없다고 생각했다.

예측했듯이 문컵은 '생리컵'이다. 아마 지금도 생리컵을 처음 안 나처럼 읽다가 뜨악해하는 사람이 있을 것이다. 별 희한한 게 다 있다며 넘어갔던 생리컵은 2017년 다시 내 앞에 나타났다. '생리대 파동' 때문이었다.

2017년 국내 유통 일회용 생리대에서 유해 물질—휘발성 유기화합물(VOCs)—이 검출됐다. 이 중 한 브랜드가 릴리안으로 알려지면서 릴리안 불매 운동과 판매 중단으로 떠들썩했다. 제품 사용 후 신체 이상을 겪었다는 피해 호소가 넘쳐났다. 식약처는 국내 유통 중인 생리대의 검출량이 "인체에 유해한 수준은 아니"라고 발표했고, 릴리안 생리대 판매는 재개되었다. 의혹과 불안을 해소하기에는 부족한 대처였다. 여성환경연대가 생리대 모든 유해성분 규명 및 역학조사 촉구 기자회견을 열면서 사용한 "내 몸이 증거다, 나를 조사하라"라는 문구는 매우 상징적이다. 월경을 사적인 것, 수치스러운 것, 부끄러운 것으로 치부해온 문화는 생리에 관한 다양한 정보를 차단하고, 당사자인 여성의 목소리를 지운다.

자신이 겪은 불편이나 질환이 당연한 줄 알고 감내했던 여성들은 일회용 생리대의 대안을 공유하기 시작했다. 유기농 일회용 생리대, 면 생리대, 생리컵이다. 나는 처음에는 집에 가득 쌓인 생리대를 보고 '있는 것은 다 쓰고 바꾸자'라고 생각했다. 안일한 생각이었다. 외국에 가서 지내면서 다른 생리대를 잠시 써본 나는 한국에 오자마자 남아 있던 생리대를 모두 버렸다. 단 한 번의 사용만으로 월경혈의 색깔, 양, 통증의 차이를 느낄 수 있었기 때문이다.

그러나 내가 생리컵을 사용하기까지는 꽤 오랜 시간이 걸렸다. 인터넷에는 생리컵 간증기와 착용 팁이 넘쳐났다. 처음에는 직구를 통해서만 구할 수 있던 생리컵의 국내 판매 경로도 열렸다. 친구들이 하나둘 생리컵의 세계로 떠나는 모습을 보면서도 나는 선뜻 용기가 나지 않았다. 많은 이들이 그렇듯 몸 안에, 그것도 질에 무언가를 집어넣는다는 부담감 때문이었다. 우리 사회가 얼마나 여성의 몸을 억압하는지, 여기에 어떻게 저항해야 하는지 오래 고민하고 실천해왔는데도 그랬다. 생리컵 후기에는 처음 착용하거나 제거할 때 실수해서 아팠다는 '썰'이 많았다. 엄살이 심한 나는 처음 생리컵의 존재를 알았을 때처럼 읽기만 해도 고통을 느꼈다. 자궁경부의 길이를 재겠답시고 손가락을 넣는 것부터 호들갑을 떨다가 실패하기를 여러 차례. 나는 이대로 영영 '유기농 일회용 생리대'를 쓰면서 살 것만 같았다.

기회는 갑자기 찾아왔다. 아쿠아로빅을 시작했고, 흐르는 피 때문에 4주 수업 중 1주를 빠지자니 내 피 같은 돈이 줄줄 새는 듯했다. 역시 돈인가? 타이밍도 맞아떨어졌다. 일회용 생리대의 유해성을 알린 후 기업으로부터 소송을 당한 여성환경연대에서 크라우드 펀딩을 열었다. 일정 금액을 후원하고 루나컵의 생리컵을 선물로 받았다. 함께 제공된 가이드북을 꼼꼼하게 읽었다. 각종 정보 외에도, 처음에는 누구나 어려우니 실패하면 무리하지 말고 다음에 시도하라는 말이 큰 위안이 되었다.

가장 큰 계기는 「피의 연대기」(김박보람 감독, 2018) 영화 관람이었다. 생리의 역사와 이에 맞선 여성의 다양한 시도를 짚어보고, 사회적 관점에서 무상 생리대 공급의 필요성을 이야기하는 한편 감독 자신이 생리컵을 경험한 이야기를 진솔하게 들려준다. 나는 영화에서 컵에 담긴 생리혈을 실제로 처음 보았다. 이상한 기분이었다. 평생 봐온 축축하고 보기 싫은 얼룩이 아닌, 깨끗하고 되직한 피.

할 수 있을 것 같다는 용기가 솟았다.

나는 비장한 심정으로 화장실에 들어가면서 말했다. 들어갈 때는 둘이지만 나올 때는 하나다. 오늘 반드시 끝장을 낸다. 모두가 다음에 시도하면 되니까 실패하면 무리하지 말라고 했지만, 한번 겁을 먹고 물러나면 두 번 다시는 도전하지 않을 나를 알아서 내린 극단적 결정이었다. 성공하기 전에는 절대 화장실을 벗어나지 않으리!

과정은 쉽지 않았다. 4차 산업혁명 시대라는데 아직도 자궁과 변기가 블루투스 연동이 안 되어서 내가 컵을 들고 안절부절못해야 하다니 믿을 수가 없었다. 인류는 인간을 달로 보내기 전에 달거리부터 정복해야 하지 않을까? 아프고 어지럽고 짜증이 났다. 생리컵을 착용하거나, 산부인과 검진을 받던 중에 '미주신경성 실신'을 겪는 사람이 있다. 어지럽고 메스꺼움을 느끼는 증상이다(나는 익숙해져서 긴장이 풀리자 사라졌다). 각종 생리컵 후기를 읽으면서 제일 신기하다고 생각한 것이 아프거나, 잘 안 되는데도 계속 시도한 사람들이었다. 나는 아프면 바로 그만둘 줄 알았다. 그런데 막상 생리컵과 마주하자, 평생 피 흘리며 살아온 블러디 한국 여자의 힙합 정신이 어떻게든 나를 일으켜 세웠다. 첫날 40분 만에 땀에 흠뻑 젖어 착용에 성공했다.

이렇게 힘든 걸 사람들은 도대체 어떻게 매번 하지? 그런 생각은 다음 날 아침 뽀송뽀송한 팬티를 보자마자 싹 날아갔다. 생리컵에 대한 사랑과 충성심만 하늘 높이 치솟았다. 제거는 더 어려웠지만 나는 꾸역꾸역 2차 시도를 했고 시간 단축에 성공했다. 아쿠아로빅도 가고 흰 바지도 입었다. 공용 샤워실을 못 쓰거나 필라테스에서 생리혈이 샐까 봐 동작에 제약이 생기는 일도 사라졌다. 완전한 자유는 아니지만, 반 건조 생리 프리덤 정도는 확보한 듯하다. 운동 계획을 짜고 실행하는 만족감, 생리를 '나의 활동을 제한하는 적'이 아니라 '자연스럽게 몸에서 일어나는 현상' 정도로 축소한 해방감이 콤보로 몰아쳤다. 얼마나 기분이 좋았냐면 엘리베이터에 '○○○호 생리컵 착용 성공!'이라는 대자보라도 써 붙이고 싶은 정도?

물론 생리컵 사용 여부에는 개인차가 크게 작용한다. 신체 특성상 사용이 불가능한 사람도 있고, 쇼크가 오거나 몸에 맞는 컵을 찾지 못해 사용을 중단하기도 한다. 우리는 모두 다른 인간이고 생리에 대처하는 여러 방법 중 정도나 왕도는 없다. 다만 지금까지 우리 사회는 '이성애' 성관계를 제외하면 여성의 질 안에 무언가를 넣는 것을 금기시했다. 생리혈을 처리하는 여러 방법 중 극히 제한된 몇 가지만을 유일한 양 유통하고 그 방법에 따르는 불편은 침묵했다. 피는 새거나 비칠 수 있는

데, 생리혈이 보이는 것을 죄악시하는 분위기는 여성이 생리를 두려워하거나 끔찍하게 여기도록 만들었다.

생리컵은 지금까지 허용되지 않았던 새로운 방식이고, 기존의 불편함을 해소하는 장점이 뚜렷하다. 따라서 지금보다 훨씬 더 많은 정보와 기회의 제공이 필요하다. 공교육의 성교육 시간에 생리컵 사용 방법을 가르치고, '처녀막'이라고 불렸던 질 주름에 대한 인식을 바꾸어야 한다. 더 이상 생리컵이 충격적인, 예외적인, 상상도 할 수 없는 이상한 방법이 아니라 부담 없이 골라 시도하는 선택지 중 하나가 되도록.

특히 생리 때문에 제약이 많아 서러웠던 수중 운동 생활자 중, 오로지 심리적 거부감 때문에 생리컵 착용을 꺼리는 동지에게 말해주고 싶다. 피는 물보다 진하지만, 운동을 향한 당신의 열정은 피보다도 더 진할 수 있다(나는 수강료에 대한 집착이 피보다 진한 경우였지만). 실패해도 본전, 까짓것 한번 시도해보자. 365일 물개 라이프가 열린다.

# # 일확천금의 꿈

사람 마음이라는 게 그렇다. 불로소득이라는 말에 가슴이 뛰고, 노력보다는 타고난 재능으로 쓸어버리는 천재에게 매혹된다. 오죽하면 요즘의 덕담은 "적게 일하고 많이 버세요, 길가다 돈 주우세요, 하는 일 모두 얼렁뚱땅 잘되세요!"다. 운동에 임하는 자세도 비슷하다. 이쯤 하면 적당히 근육이 생기고, 체지방은 눈치껏 빠지고, 엉덩이와 배는 올라붙었으면 좋겠다. 숨만 쉬어도 살을 빼준다는 광고에 속을 시기는 지났지만, 적게 운동하고 많은 효과를 볼 수 있다는 말에는 언제나 귀가 솔깃해진다.

'여성 전용', '30분 순환운동'이라는 전단지를 받아 든 나는 홀린 듯이 커브스 순환운동 센터를 방문했고, (또) 3개월 치를 결제했다. 근력 운동 기구가 동그랗게 놓여 있고, 기구 사이사이에 발 구름판이 있었다. 한 세션에 30초씩 근력 운동을 하고, 30초 제자리걸음을 걷고, 신호음이 울리면 다시 옆으로 옮겨서 근력 운동을 하는 식으로 총 두 바퀴를 돌면 30분이 채워지는 시스템이었다. 갑자기 분위기 「모던 타임스」? 기구를 당기고 밀다가 발 구름판에서 제자리걸음을 하면서 빙글빙글 도는 회원님들을 보며 나는 알 수 없는 기시감에 사로잡혔다. 지금 내 기분 마치 찰리 송플린…. 근력 운동을 30초씩 하는 게 의미가 있는지 잠깐 의심했지만, 운동 중간중간 심박수를 체크하면서 적정 심박수를 유지하도록 유도하는 것이 어쩐지 그럴듯해 보여서 믿어보기로 했다. 까짓것 한번 해봅시다! 운동 조금 하고 많은 근육을 얻을 수 있다면 악마에게 영혼도 팔겠어!

10분 후 나는 바닥에 널브러져 있었다. 이상하게 어지럽고 구토감이 밀려왔다. 체온이 내려가 식은땀이 줄줄 흘렀다. 근육량이 적고 지구력이 티슈처럼 얄팍할지언정 타고나길 튼튼해서 한 번도 기절한 적이 없었는데, 방금 기절 한 발자국 앞에서 멈췄다는 것을 본능적으로 느꼈다. "회원님, 체했나 봐요." 선생님이 팔다리를 주물러주었다. 나는 대충 짚이는 데가 있었다. 살 빼겠답시고 부실하게 굴리던 식단이 원인일 터였다. 약간 창피해서 그날은 초라한 패잔병처럼 터덜터덜 돌아왔다.

다음 날부터 운동에 가기 전 열심히 챙겨 먹기 시작했다. 기구가 동그랗게 둘러싼 구조상, 40대 이상의 여성 회원이 대부분인 특성상, 한 번 더 쓰러졌다가는 모두의 폭발적인 관심과 걱정을 한 몸에 받을 게 뻔했다. 무엇보다 적게 먹는다고 몸에 이상을 느낀 건 그때가 처음이어서 덜컥 겁이 났다. 그때까지 나는 공복을 잘 견디는 것에 이상한 자부심이 있었다. 거식증을 겪는 여성이 느끼는 감정이라고도 하던데, 결심한 대로 음식을 먹지 않으면 스스로를 잘 통제한다는 기분에 빠지기 쉽다. 최근에는 간헐적 단식의 일환으로 끼니의 밀도를 높이고 공복 시간을 늘렸는데, 그때는 무작정 절식하다가 체중이 원하는 만큼 줄어들면 다시 화풀이하듯 먹었다. 안 먹어도 잘만 뛰고 구르던 게 흔히 말하는 '젊음이 깡패'였고 타고난 체력에 빚져서 버텼을 뿐이라는 냉혹한 진실 앞에 나는 조용히 찌그러졌다. 그때부터는 잘 먹고 알차게 운동하자고 마음을 고쳐먹었다.

운동은 재미있었다. 30초만 하면 된다고 생각하니 근력 운동이 힘들어도 견딜 만했고, 동그랗게 마주 서서 제자리걸음을 하다가 옆의 기구로 옮기다 보면 내 몸이 컨베이어 벨트에 실려 착착 조립되는 기분이 들었다. 허벅지를 조립했으니 다음은 복근을 해볼까? 땡~ 제자리걸음! 땡~ 이제 등근육을 조립할 차례! 가끔 마주 본 회원님과 눈이 마주치면 푸슬푸슬 웃으며 시선을 피하거나, 상대가 인싸인 경우 대화를 주고받았다. 이 정도 해서 운동이 될까 생각했지만 끝나면 땀이 송글송글 맺히고 숨이 찼다. 격렬한 강도로 운동을 하기 힘들거나 부상이 두려운 사람이 하기 딱 좋을 것 같았다.

새 운동을 시작하면 여러 가지 조건을 최적의 상태로 맞춰 놓고 경과를 관찰한다. 그래서 초기의 운동은 언제나 의욕이 넘친다. 이 운동이 내 몸 상태에 어떤 영향을 끼치는지 낱낱이 알고 싶기 때문에 수업에 빠지거나 폭식을 하지 않는다. 나의 운동 위기는 언제나 조금 익숙해졌을 때 찾아온다.

두 달 정도 했을 때 나는 실망했다. 체중은 줄지 않았고 근력은 아주 미미하게 올랐다. 지금 생각하면 꾸준함을 강조하는 운동이었고, 하루에 고작 30분을 하면서 두 달 만에 어떤 드라마틱한 변화를 기대하는 것은 어지간한 도둑놈 심보다. 하지만 나는 도둑놈, 일확천금 아니 일확천근을 꿈꾸며 운동 카지노에서 100원을 넣으면 100억 원이 터지는 잭팟 운동을 찾아 헤매는 어리석은 영혼이었다. 그 정도로는 성에 차지 않았다. 좀 더 직접적이고 빠른 변화를 약속하는 운동이 필요했다. 삑, 환승입니다. 3개월을 끊어놓고 나는 2개월 만에 커브스를 탈주했다.

이 이야기에는 후일담이 있다. 2년 뒤 나는 다시 커브스로 돌아간다. 커브스는 전국에 체인점이 있는 시스템이라, 거주 지역이 바뀌어도 다른 센터에서 운동을 할 수 있었다. 어떤 운동도 30분보다 오래 해야 하는 현실에 좌절한 나는 이번에야말로 6개월 이상 해보겠다며 야심차게 등록했다. 그러나 돌아온 탕아는 이번에도 100일을 채우는 데 실패하고 만다. 이번 무덤의 핑계는, 앞에서도 살짝 이야기했지만 운영 시간이었다. 커브스 운동센터는 밤 9시까지였는데, 당시 야행성이었던 나에게 그 시간은 초저녁이었다. 청하가 부릅니다, 벌써 9시…. 정신을 차리면 이미 센터가 문을 닫은 뒤여서 점점 결석이 늘었다.

하지만 모든 것은 결국 우선순위의 문제였다. 그 이후 다닌 24시간 헬스클럽에서도 기부 천사로 승천했으니까. 운동을 다녀온 후 처리해도 되는 일과 운동 앞에서 나는 항상 일을 먼저 선택했다. 굳이 보고 싶지 않은 친구와의 약속이나, TV 프로그램 본방 사수, 침대에 드러눕고 싶은 마음에 밀려 운동은 일상이 아니라 '시간이 되면' 하는 일이 되어버렸다. 그런 조건 앞에서는 언제나 그렇듯 '시간이 되는' 기적은 일어나지 않았다. 운동은 적은 비용으로 많은 이익을 올리는 투자보다, 꾸준히 기르고 돌보아서 수확하는 농사에 가깝다.

이제 나는 운동 시간을 확보하려고 기꺼이 여러 가지를 포기한다. 서른 살 이전, 영양가 없고 의무뿐이던 인간관계를 정리하면서 나의 생활은 아주 간결해졌다. 변수가 많고 야근이 잦은 일을 그만두었다. 아무리 바빠도 씻고 자는 시간을 뺄 수는 없듯, 운동을 그 정도로 중요한 일정으로 만들었다. 같은 운동을 100일 넘게 하고 있다. 곰이 인간이 되는 극적인 변신은 없어도, 아침에 일어나기 쉽다거나 발목 통증이 줄었다는 사소한 변화에 쉽게 감동하며 지낸다.

## # 멋의 폭발, 스쿼시 8년차

'계'는 이전 직장의 동료다. 스쿼시 경력 8년 차로, 계의 차를 얻어 타면 항상 산더미만 한 스쿼시 가방이 내 엉덩이와 자리 싸움을 벌였다. 계는 스쿼시 경력을 5년으로 줄여서 말하는데, 8년 했다고 하면 어쩐지 샤라포바 정도는 되어야 할 것 같은 부담감 때문이란다. 이런 겸손함을 보면 속이 상한다. 계보다 훨씬 꼴뚜기같이 스쿼시를 치는 놈도 한껏 거드름을 피우며 맨스플레인을 하는데…. 관절이 약한 나에게 스쿼시는 언젠가 한번 꼭 해보고 싶은 꿈의 운동이어서, 계에게 이것저것 캐물었다.

운동을 처음 시작한 계기는 진부하지만 다이어트였다. 북

유럽으로 교환학생을 다녀온 계는 빵살이 아낌없이 오른 터라 투자 시간 대비 소모 열량이 높은 운동을 찾았다. 멋에 죽고 멋에 사는 계가 스쿼시를 시작한 계기는 '간지' 때문이다. TV에서 삼각관계가 형성되면 남자들이 그~렇게 스쿼시 내기를 하는데, 멋있어 보였던 것이다. 코트 밖의 구경꾼을 뻑 가게 만드는 계라포바가 되겠다는 야망으로 시작한 스쿼시, 현실은 "여러 마리의 학 가운데 혼자 빌빌거리는 군학일계"였다. 물론 모두가 예상하듯, 있어 보여서 시작한 운동의 유효기간은 길지 않다. 계는 사랑 때문에 스쿼시 권태기를 이겨냈다. 영화 「엽기적인 그녀」에 심취했던 '그놈'은 툭하면 언제 스쿼시 같이 치냐고 징징거렸고, 어느 정도 수준을 맞춰야 한다고 생각한 계는 엄지 발톱도 빠져가며 스쿼시를 쳤다.

나는 이 이야기를 듣고 그놈이 떠나고 스쿼시가 남은 것은 계의 운명이라는 생각을 했다. 좋아하는 남자가 자전거를 가르쳐준다길래 외발자전거부 출신의 과거를 숨겼는데 어떻게 못 타는 척하느냐, 자기도 모르게 앞바퀴를 들까 봐 걱정이라는 인터넷의 사연을 떠올리면 이 온도차는 더욱 선명해진다. 자전거 같이 타자는 말에, 우선 앞바퀴를 드는 경지까지 도달하려고 노력해버린 계. 성실하고 진지한 바람에 자신이 애타게 바라던 간지를 얼떨결에 완성해버린 계. 제일 중시하는 멋이 나기 시작하니 그때부터 칭찬 세례, 실력 향상, 어깨 으쓱, 스쿼시 라이프는 쾌속 질주였다.

스쿼시는 계에게 승리의 경험을 안겼다. 그것도 맨스플레인 하는 남자를 대상으로 아주 짜릿하게. 계가 말하길, 코트 밖 벤치는 아주 위험하다. 원래는 같이 운동하는 사람들끼리 만나서 인사도 하고 친목도 다지는 다정한 공간이지만 이름도 묻고 나이도 묻고 사는 곳까지 묻다 보면 점점 긴장되기 시작한다. 계를 가르치려 든 긴 생머리의 그놈은 심지어 소설가여서, 운동뿐 아니라 정치, 사회, 경제 면까지 아는 척은 혼자 다 해 먹으려고 했다. 호시탐탐 기회를 노리던 계는 결국 그와 코트에서 맞붙었다.

그의 어설픈 실력은 금방 바닥났다. 전세가 기울자 그가 치사한 수법을 썼다. "아… 여자분이니까"라는 말을 하면서 공을 양보하거나, 일부러 봐준다는 듯이 공을 살살 주거나, 진로 방해를 해놓고 선심 쓰듯 양보하는 제스처를 취하는 식이었다. 어디서 배워먹은 스쿼시 버르장머리야? "여자인 게 무슨 상관이에요, 게임은 룰대로 하는 거지." 계는 이를 악물고 덤벼들었고 결국 이겼다. 점수 차가 벌어지니까 위험하게 라켓을 휘두르며 힘으로 밀어붙이는 것도 꼴사나웠지만, "여자분인데도 힘이 세시네요"라는 마지막 한마디가 마치 그림으로 그린 듯한 찌질함이었다.

여자가 운동을 하면 맨스플레인을 피하기 어렵다. 전문 선수의 운동 영상에도 여성이면 자세를 트집 잡는 댓글이 달리니 일반인에게는 오죽할까. 스쿼시는 맞붙어 승패를 겨룰 수 있는 운동이기 때문에, 계의 가냘픈 몸매를 보고 함부로 말을 얹는 놈들은 식빵 위 땅콩버터처럼 발렸다. 운동 능력에서 여자의 열세를 당연시하는 세상에서 갈고 닦은 실력으로 승리를 쟁취하고, 자신의 우위를 확신하는 느낌은 아주 특별하고 소중하다. 계의 이야기를 듣는 동안 나의 얇은 귀가 정신없이 팔랑거렸다. 필라테스로는 맨스플레인하는 남자를 때려눕힐 수 없는데… 나도… 지금부터라도?!

스쿼시를 시작하는 이들에게 스쿼시를 추천하는 이유나 스쿼시의 장점을 말해달라고 했더니 8할이 멋있어서 좋다는 소리다. 그렇다. 멋은 중요하다. 운동의 재미와 동기에 큰 영향을 끼치기 때문이다. 이런 욕망이 운동 동기라도 나는 적극 찬성이다. 분명 멋을 추구하며 시작했는데 얼렁뚱땅 건강과 하체 근육, 그리고 스쿼시 하나로는 어디 가서 안 밀린다는 자신감까지 얻어버린 계는 코트 안에서 천하무적이다. 비록 누가 정수리에서 수도꼭지를 튼 듯한 땀 폭발, 심장이 터질 듯한 호흡 곤란, 민첩한 움직임을 만들기까지의 고된 하체 단련, 자세를 배워나가는 지루함이 어려움으로 따르지만, 코트 밖 구경꾼의 찬사는 그 인고를 감내할 만한 가치가 있다나 뭐라나.

혹시 길을 가다가 스쿼시 가방에 라켓 하나를 꽂아 다니는 여성에게 "무슨 운동 하세요?"라고 물었는데, 광대가 한껏 부각된 채 기뻐한다면? 띵동, 계입니다. 멋있다고 칭찬해주세요. 당신이 생각하는 적정 수준보다 1.5배 정도 많이. 계는 앞으로도 멋을 최우선으로 여기며 살 테니 계속 스쿼시를 칠 것이고, 단련과 승리의 경험을 차곡차곡 쌓을 것이다. 그때의 계는 빵살 좀 빼보겠다고 코트를 기웃거리던 과거와 전혀 다른 사람이다. 역시 스쿼시는 할수록 멋있어지는 운동이 맞나 보다. 내년과 후년 이맘때에도 슬그머니 물어보련다. 스쿼시 잘 되어가느냐고. 멋진 질문 "한 게임 할래?"를 건네고 싶은데, 그러려면 일단 관절부터 부지런히 준비하는 걸로.

## # 요가… 파이어!

헬스는 지겹고 운동은 해야겠고, 겸사겸사 집 앞 요가원에 등록했다. 엄마가 한창 요가에 빠져서 '니 같은' 애들이 요가를 해야 한다고 강력 추천했기 때문이다. 이때 '니 같은' 애들은 컴퓨터를 많이 하고 자세가 불량하여 머지않은 미래에 척추한테 호된 복수를 당할 것이 뻔한 집단을 일컫는다. 아직 효리 언니가 제주도에 정착하여 요가 하는 소길댁으로 명성을 떨치기 전이지만 태초에 옥주현의 요가 다이어트 비디오가 있었나니. 옥주현은 스스로를 요요, 요가의 요정이라고 불렀다. 각종 요가 수업은 '몸매 관리'를 내세우며 우리 같은 초심자를 끌어들였다. 이번에도 친구와 함께, 3개월 코스를 끊었다.

요가는 다른 운동과 확실히 분위기가 달랐다. 어둑한 방에 들어가니 은은한 향 냄새가 났다. 선생님은 이런 운동 종목의 강사가 으레 그렇듯 날렵한 몸집의 여성이었고 목소리가 나긋나긋했다. 요가를 하면 다 저렇게 되는 걸까? 가슴이 뛰었다. 요가는 '속세를 벗어난 수도자'와 '도시 여자'의 이미지를 동시에 풍기는 운동이다. 요가 자체가 힌두교의 종교적 · 영적 수행 방법이고, 우리가 일반적으로 하는 '하타 요가'는 육체적인 부분에 중점을 둔 신체 운동에 속한다. 건강 열풍을 타고 미국인 특히 뉴요커가 요가에 열광한다는 소식은 나 같은 한반도 거주민도 풍문으로 들은바. 어디 한번, 심오한 진리를 탐구하고 몸도 단련하고 세련된 라이프 스타일의 소유자도 되어 보자.

물론 현실은 좌로 굴러, 우로 굴러, 다리 내려, 다리 올려, 다리 내리지 말고 팔도 올려의 연속이었다. 우주의 원리에 대해서 생각하거나 내면을 성찰할 시간 따위 없었다. '위로 향한 활 자세(우르드바 다누라아사나)'는 등을 대고 누워서 팔과 다리를 이용하여 몸통을 활 모양으로 들어올리는 자세다. 도대체 무슨 소리냐고? 나도 보기 전에는 몰랐다. 살면서 그런 자세를 취하는 날이 올 거라고 상상이나 했느냔 말이다. 올라가라니, 선생님, 세상에는 할 수 있지만 굳이 안 하는 일이 많지 않나요? 인류가 기껏 이족보행을 하게 되었는데 테이블 모양을 흉내 낼 필요가? 내가 속으로 격렬하게 반항하든 말든, 선생님은 완강했다.

"올라가세요! 올라가셔야 해요!"

요가 꿈나무들이 버르적거렸다. 뒤집어진 자라 혹은 바퀴벌레 같은 그 모습… 혼자 인류의 희망처럼 솟아난 선생님을 보는 망연한 눈동자…. 드러누운 시야로 누군가 혼자 몸을 띄우는 데 성공하는 것이 보였다. 배신자! 언제 봤다고 낯선 친구에게 왈칵 그런 생각이 들었다. 땀이 줄줄 흘렀다. '요가 파이어는 요가를 하다가 불타 죽는다는 뜻이 아닐까?'

그나마 다른 운동의 쿨다운보다 훨씬 그럴듯하게 쉴 수 있는 '명상의 시간'이 큰 위안이었다. 편하게 누우라고 말하면서 선생님이 불을 껐다. 그 순간만큼은 요가가 우주에서 제일가는 운동이었다. 요가 짱! 일제히 명상인지 수면인지 모를 것에 빠져드는데, 선생님이 문득 내 옆에 앉았다. 내 명치에 손을 얹고 잠시 지켜보던 선생님이 말했다.

"회원님, 숨을 더 많이 쉬어보세요. 크게."

나는 영문을 모르고 힘껏 숨을 들이마시고 뱉었다. 선생님이 귀신에 빙의된 후 눈에서 뿜어내는 레이저로 암을 진단했던 드라마 속 인물처럼 근엄하게 말했다.

"회원님은."

두근두근.

"숨을 죽지 않을 만큼만 쉬고 계세요."

대박! 신통방통해! 나는 원하던 점괘를 뽑은 맹추처럼 오두방정을 떨며 옆의 매트에서 세상모르고 잠든 친구를 발로 퍽퍽 찼다. 아, 언니 하지 마요. 친구가 잠꼬대를 했다. 선생님은 내 명치를 꾹꾹 누르며 내 몸이 얼마나 억눌려 있고 순환이 안 되는지, 스트레스와 엉망진창인 호흡의 상관관계에 대해서 이야기했다. 선생님이 내 호흡에 필요한 거라면서 옥장판을 팔았다면 샀을 정도로 나는 요가에 홀딱 반했다.

요가는 나처럼 성질이 급한 사람에게 꼭 필요한 운동이었다. 문제는 성질이 급한 사람은 보통 요가에 익숙해지는 시간을 못 견디는 바람에, 결국 요가로 급한 성질을 다스리는 데 실패한다는 아이러니였다. 이것은 자기소개다. 빠르게 반한 만큼 금방 질렸다. 나의 경우 복병이 하나 더 있었다. 과도하게 유연한 관절이었다.

선생님이 나를 끌어안고 몸을 반대쪽으로 젖히는 스트레칭을 하던 날이었다. 어느 정도 몸이 젖히면 요가 꿈나무들은 암바를 당한 이종격투기 선수가 탭을 치듯 바닥을 치며 아픔을 호소했고, 선생님은 그 각도를 유지하며 굳은 몸을 풀어주었

다. 내 차례에 선생님이 당황하며 물었다.

"…괜찮으세요?"

나는 그 자세로 태어난 요가의 신처럼 편안한게 대답했다.

"네."

선생님이 좀 더 힘을 주었고, 내 몸이 한껏 휘어졌다. 선생님이 쩔쩔맸다.

"아니… 이게… 왜 이러지? …이상하네? 진짜 안 아프세요?"

순식간에 '이거'가 된 나는 잔뜩 구겨진 채 흐흥 웃기만 했다. 밀면 미는 대로, 당기면 당기는 대로 펴지고 접히는 내 몸은 연체동물(마지막 자존심으로 오징어 비유는 쓰지 않겠다) 같은 구석이 있었다. 그래서 우르드바 어쩌구처럼 근력과 내공이 필요한 동작이 아니라면 대부분의 동작을 쉽게 따라 했다. 제대로 '한다'기보다는 대충 비슷한 동작을 취하는 데 능했다는 뜻이다. 여럿이 하는 수업에서 나는 얼핏 모범생처럼 보였다. 그 위장술 때문에 선생님의 관심은 대놓고 못하는 요가 꿈나무에게 쏠렸다.

못하는 동작이 없으니 지루했다. 그저 이렇게 널었다 저렇게 널었다 하는 빨래 혹은 가게 개업식에 내놓는 풍선인형이 된 기분이었다. 그렇다고 딱히 몸의 변화가 느껴지지도 않았다. 당연하다. 제대로 한 게 아니니까. 나는 요가의 요정이 되기를 포기하고 다시 한 번 기부 천사의 대열에 합류했다. 이쯤 되면 기부 천사도 경력직으로 인정해줘야 하는 게 아닌지….

# # 핫바 바디의 역습

나는… 핫바 바디다. 핫바디 아니고 여러분이 아는 그 핫바, 맞습니다. 근육량이 적고, 전체적으로 살이 무르다. 거인이 내 몸을 한 손으로 잡는다면, 핫바와 꼭 같은 무브먼트로 흐물흐물 흔들흔들댈 것이다. 핫바 바디라는 말을 가르쳐준 것은 나와 수영을 함께 다니기도 한 K다. K도 나처럼 이 운동 저 운동 집적거린 끝에, 분명 운동을 오래 했지만 제대로 하는 건 하나도 없고 근육량은 표준에 미달한다. 나는 처음 만나서 친해진 뒤 오랫동안 K의 운동 도전기를 이해하지 못했다. K는 아주 날씬했기 때문이다.

'운동=체중 감량'이라고 생각하던 시절을 제1막이자 운동

암흑기라고 부른다. 그때 내 머릿속에 체력이나 근력에 대한 개념은 거의 없다시피 했다. 살만 안 쪘으면 평생 숟가락보다 무거운 건 안 들고 편의점보다 먼 거리는 안 걷고 살고 싶은 사람이 나였다. "야 내가 너 몸이면 운동 안 한다." K는 자신의 팔뚝을 잡아당기면서 말했다. "언니, 나 완전 핫바야." 핫바디와 핫바는 한 글자 차이지만 케밥과 밥만큼이나 큰 차이가 있었다. 나도 내 팔뚝을 잡아보았다. 핫바의 촉감이었다. 깨물어 보진 않았다. 식감마저 비슷하면 슬플 것 같았다.

K가 원한 것은 근력 향상, 그에 따른 체력 상승이었다. 그 당연한 사실이 낯설 만큼, 내가 보고 듣고 살아온 것은 언제나 체중 감량과 '더 나은 몸매'를 위한 '자기 관리' 차원의 운동이었다. 그때까지만 해도 근육이나 기능 강화의 목적으로 여자에게 운동을 권하는 분위기가 아니었다. 운동의 중요성을 강조하는 지금도 몸에 대한 규범은 여성에게 적합한 운동의 강도를 '보기 좋은' 몸을 만드는 수준으로 제한한다는 한계가 있지만. 평생 몸의 크기와 모양에만 집착했지 그 너머를 생각해본 적 없던 나는 운동의 기능과 필요를 구체적인 촉감으로 마주한 느낌이 들었다.

일대일 수업으로 기구 필라테스를 처음 시작할 때였다. 몇 가지 동작들을 시켜본 선생님이 말했다. "운동을 꾸준히 하셨나 봐요. 운동을 할 줄 아는 몸이네." 나도 모르게 대답했다. "네… 다이어트 때문에." 선생님이 웃었던가? 눈썹을 늘어뜨렸나. 정확한 표정은 기억나지 않지만 선생님이 얕은 숨을 터뜨리던 그 순간의 공기와 분위기는 생생하다. 씁쓸하거나 허탈하거나 나를 연민하던 얼굴, 아니면 그 세 가지 감정을 다 느꼈을지도 모르고. 사실은 아무런 감정도 없었는데 나 혼자 오바 쌈바를 했을 수도 있다.

확실한 것은 그 순간이 나에게 남긴 인상이다. 선생님이 나의 운동 '능력'을 이야기할 때조차 다이어트에 대한 주제로 받는 나를 보면서 운동의 의미에 대해 진지하게 되돌아봤다. 내가 생각보다 훨씬 더 잦은 빈도로 다이어트나 살에 대해서 이야기한다는 반성도 같이.

지금은 아쿠아로빅과 필라테스를 병행하고 있다. 주 3회 오전 시간에 아쿠아로빅을 하고, 주 2회 퇴근 후 필라테스를 한다. 둘 다 '다이어트' 면에서는 크게 효과가 없다고 하는 운동이다. 아쿠아로빅의 다이어트 효과에 대해서는 의견이 분분하지만 노인이나 임산부, 재활 목적의 환자들이 하는 만큼 지방을 불태워버리는 운동이 아님은 확실하다. 체감상으로도 수영이나 러닝보다 에너지를 덜 쓴다. 필라테스 역시 '살을 다 뺀 다음 라인을 잡는' 운동으로 여겨진다. 처음 필라테스를 했을 때, 나도 5개월 동안 꿈쩍도 않는 체중계의 바늘에 의문을 느끼고 선생님에게 질문했다. "이거는 살이 안 빠져요?" 선생님은 답했다. "굶거나 뛰세요." 참스승이었다. 폼롤러로 내 종아리를 밀가루 반죽 밀 듯 할 때는 미워했지만 정직한 사람이었다.

결론부터 말하자면 나는 이제 굶을 수도 뛸 수도 없다. 음식의 질과 영양소에 집착하게 되었고, 끼니를 거르면 몸이 축나는 기분을 곧바로 느낀다. 족저근막염은 나의 고질병이고, 평발과 까치발이 동시에 있는 독특한 발 모양을 본 정형외과에서는 오래 걷거나 뛰지 말라는 진단을 내렸다. 세상에는 걷기와 뛰기를 예찬하는 아름답고 빼어난 글이 많다. 의욕에 불씨를 당기는 글 덕분에 직접 무언가를 시도해봄으로써 인생이 바뀌는 사람들도 있다. 하정우의 『걷는 사람, 하정우』나 무라카미 하루키의 『달리기를 말할 때 내가 하고 싶은 이야기』를 읽고 조금씩 걷거나 뛰기로 했다든가. 그러나 나는 그런 사람이 아니다. 걷거나 뛰는 것을 싫어하는데 마침 의사가 좋은 핑계를 만들어주니, 다른 진단이나 처방은 다 무시해도 그거 하나만은 신줏단지처럼 모시는 녀석이다.

드라마틱한 감동이나 즉각적인 체중 감량을 위해서 걷거나 뛸 수도, 그걸 좋아하는 척할 수도 없다. 걷기와 뛰기는 매력적이지만 내 운동이 아니다. 그런 즐거움은 타인의 언어와 '피

땀 눈물'로 대리 체험하고 나는 그저 나에게 맞는 운동을 골라 해내기로 했다. 세 달째 하고 있지만 다이어트 효과가 있는지 없는지는 모호한 아쿠아로빅, 구겨지고 접힌 내 몸에게 잠시나마 펴는 시간을 선사하는 필라테스가 그것이다. 이 운동은 지금 내 몸에 필요하고, 나의 약한 부분을 보완하는 동시에 강화하고, 내가 적절하게 소화할 수 있는 강도이다. 그거면 충분하다.

다이어트라면 신물이 난다. 그렇다고 내가 완전히 몸에 대한 압박을 버리고 다이어트에서 자유로워졌는가 하면 그것도 아니다. 남의 시선은 신경 쓰지 않고 스스로를 'Love your self' 할 수 있다면 좋겠지만 나는 평범하고 나약한 회원님 1. 사방에서 손아귀처럼 꽉 죄어오는 다이어트에 대한 압박, 네 몸은 충분하지 않다는 다양한 메시지, 운동을 즐기는 강한 여자가 되라는 훈계, 어떤 운동에서 정점을 찍은 이들의 서사에 대한 부러움 사이에서 아무것도 극복하거나 이겨내지 않을 것이다. 자주 절망하고 경박하게 즐기면서 정해진 운동만 반복하고 싶다. 단기간에 확인할 수 있을 만큼 근력이 오르거나 체지방량이 줄지 않아도, 그러니까 핫바디를 약속하지 않거나 될 수 없다고 해도, 그저 꾸준한 마음으로.

그 여름은 지루하고 고통스러운 기억으로 남아 있다. 발과 손이 퉁퉁 부어올라 정형외과에 갔다가 족저근막염과 건초염 진단을 받았다. 족저근막은 발바닥에 있는 얇고 긴 막(근육)인데, 발의 아치를 받쳐준다. 이 근막에 손상이 생겨 통증을 느끼는 것이 족저근막염이다. 땅을 디딜 때 발바닥 전체에 통증이 퍼진다. 뭍으로 나온 인어공주 체험을 할 수 있다. 건초염은 근육과 뼈를 연결해주는 결합 조직에 염증이 생기는 질환이다. 손을 많이 쓰는 직업인에게 빈번히 발생한다고 했다.

"최대한 쓰지 마세요."

손과 발을 쓰지 말라니. 말 그대로 수족을 봉인당한 나는 몇 주간 멍하니 누워 있거나 앉아서 TV만 봤다. 병원 물리치료실에 누워 있자면 커튼 너머에서 끙끙거리는 신음 소리가 들렸다.

"어쩌다 다쳤어요?"

"크로스핏하다가…."

물리치료사가 한숨 쉬듯 웃었다.

"요즘 크로스핏 때문에 엄청 다쳐서 오세요. 그런 고강도 운동은 초보자가 함부로 하는 게 아닌데…."

슬픔에 젖은 목소리가 다시 대답했다.

"진짜 딱 한 번 수업에 들어갔는데 이렇게 됐어요."

드라마틱한 다이어트 효과를 본 연예인들이 '간증'하듯 체험담을 털어놓으면서 크로스핏이 한창 유행하던 때였다. 그 이후로 종종 크로스핏으로 부상당한 환자의 앓는 소리를 들을 수 있었다. 크로스핏 자체가 위험하다는 게 아니라, 다이어트 효과를 강조하면서 생기는 문제였다. 고강도 운동에 적합한 몸을 만드는 과정이나, 충분한 정보 없이 빠른 성과를 내려다 보니 강사도 수강자도 무리하는 경우가 왕왕 있었던 것이다. 나의 외숙모는 스피닝을 하다가 다리 인대를 다쳐 6주나 깁스를 했다. 운동 강도가 외숙모에게 맞지 않았다.

부상의 위험을 줄이고 자신에게 맞는 운동을 찾으려면 우선

내 몸에 대해서 샅샅이 알아야 한다. 우리는 사회와 미디어에서 제시하는 '정상적이고 건강한 몸'이라는 환상에 익숙하다. 운동을 통해 강화된 몸은 장애가 없고, 근육질(남성이라면 선명하고 굵직한 모양이고 여성이라면 가늘고 탄탄하다)에, 역동적이고 강하다. 오직 그런 몸만 드러내는 것이 허용된다. 진취적이고 멋있지만, 어디까지나 우수한 일부라는 것을 인정해야 한다. 똑같은 운동을 하더라도 나는 그와 다른 몸에 도달할 것이다. 혹은 똑같은 운동을 소화할 수 없을지도 모른다. 타고난 조건이 다르기 때문이다.

몸은 저마다 다른 신체 조건, 각자의 약한 부분, 타고난 강한 부분으로 이루어져 있다. 가시적인 장애, 비가시적인 장애, 뼈와 근육의 모양, 강화될 수 있는 폐와 그럴 수 없는 폐, 모호한 그 이름 '운동 신경'…. 어떤 몸은 아무리 운동을 열심히 해도 통상적 의미로는 '건강'해질 수 없다. '완전무결'한 몸은 없기 때문이다.

예를 들면 나는 평발이고, 관절이 무척 약하다. 나이가 들거나 아기를 낳은 것도 아닌데 그렇다. 병원에 갔을 때 발 엑스레이 사진을 보며 의사가 말했다.

"평발이네."

무슨 소리요? 내가 평발이라니? 먼 옛날 축구 선수 박지성이 평발인데도 피나는 노력으로 '두 개의 심장'을 가진 스타가 되었다는 일화에 감동했던 것도 같은데. 나는 의아해져서 내 발을 들여다보았다. 과속방지턱에 버금가는 선명한 아치가 있었다. 의사가 발목을 잡아 바닥에 누르면서 말했다. "아치가 사라지죠?" 내 발은 앉아 있을 때는 아치가 있지만 딛고 서면 무너지는 기능성 평발이었다. 혹은 '유연성' 평발이라고도 한다. 나는 내가 평발인 줄도 모르고, 걷는 사람 하정우도 아닌 주제에 버켄스탁을 신은 채 네 시간씩 걷거나 복싱을 하면서 쿵쿵 뛰거나 바닥이 얇은 플랫슈즈를 신거나 뭐 그랬던 것이다.

물리치료를 받을 때 물리치료사는 힘을 주는 대로 저항 없이 휘어지는 내 손가락을 마사지하면서 한 가지를 더 알려주었다. 발처럼 손도, 아니 온몸의 타고난 관절이 가늘고 유연성이 과도하기 때문에 염증과 충격에 약하다고 했다. 많이 걷거나 무거운 것을 들지 말 것, 손을 과도하게 쓰지 말 것, 스쿼시나 복싱처럼 손에 타격감이 가는 운동을 삼갈 것, 관절을 강화하는 근력 운동을 꾸준히 할 것.

나는 이 중 제일 중요한 '관절을 강화하는 근력 운동을 꾸준히'는 날름 까먹어버리고 헐레벌떡 '많이 걷거나 무거운 것을 들지 말 것'만 머리에 입력했다. 그러고 마음 놓고 운동을 쉬었다. 한 달 정도 쉬자 손발의 통증은 사라졌지만, 조금 무리하거나 습도가 올라가면 아팠다. 그제야 왜 어르신이 몸의 통증으로 비를 예측하는지 알게 되었다. 통증이 사라진 뒤에도 나는 무리하면 안 된다는 핑계로 빈둥거렸다. 살이 쪘지만 체중에 대한 강박에서 조금 벗어났을 때라 별 신경을 쓰지 않았다. 그리고 2년 후 다시 운동을 시작했을 때, 나는 곧잘 하던 플랭크조차도 기립과 동시에 무너지는 진짜 핫바 바디가 되어 있었다. 근육량이 줄었고 운동 능력이 퇴화한 것이다.

운동을 고르거나 내 활동 반경을 짜거나 어떤 일을 계획할 때 중요한 것은 내 몸의 상태와 역량이다. 똑같이 수영을 해도 누구는 중이염에, 누구는 질염에 걸리고 누구는 피부가 뒤집어지지만 누구는 그 구역 물개가 된다. 함께 복싱을 배운 친구 중 누구는 발의 통증 때문에, 누구는 몸에 열이 많아 뛸 때마다 현기증이 나서(이 친구는 수영을 할 때 가장 편하다고 했다) 그만뒀다. 공복 유산소 운동이 체중 조절에 좋다지만 당뇨 환자에게는 위험하고, 기립성 저혈압이 있다면 낙상 위험이 있는 운동은 피해야 한다. 유행하는 운동이나 빠른 효과를 보장하는 운동을 무턱대고 선택하기 전에 자신을 잘 파악하고 스스로와 상의하는 단계가 필요하다.

나는 최근 정형외과에서 전체적인 밸런스 체크를 받고 깔창을 맞췄다. 툭하면 넘어지는 내 발은 평발과 까치발이 같이 있는 특이한 유형이라 시중에서 파는 교정 깔창은 소용이 없었다. 알았으면 인스타 광고에 낚여 푼돈을 날리지 않았을 텐데 분통! 원통! 이런 발 모양은 교정되거나 치료되는 것이 아니다. 특수 깔창과 적절한 운동을 통해 가급적 덜 넘어지도록, 무릎과 발목에 부담이 덜 가도록 관리하는 수밖에 없다는 말을 들었다.

문득 지금의 운동 담론은 신체를 '바로잡을 수 있는' 대상으로 전제하고, '정상적이고 곧은 몸'으로 만드는 데 쏠려 있다는 것을 깨달았다. 연약한 몸을 '극복'하고 운동을 통해 '더 나은 몸'을 향해 힘차게 달려가자는 응원 앞에서 나의 취약하고 민감한 발이 머뭇거렸다. 누군가는 보자마자 징그럽다거나 기형이라면서 뜨악해하지만, 사회가 규정하는 정상성의 테두리에 간신히 나를 비끄러매 놓는 발.

또 다른 생각이 피어오르기 시작했다.

내가 좋아하는 친구는 유도 선수 출신이다. 처음 봤을 때는 가냘픈 그 애가 유도를 했다는 사실을 믿을 수 없었다. 만져보니 단단했던 팔뚝보다 더 그 애의 과거(?)를 신뢰하게 된 계기는 왕성한 활동력이었다. 친구는 과외를 여러 개 하면서 학비와 생활비를 버는 동시에 교외 활동까지 열심히 했고, 친구 관계에도 열과 성을 다했다. 그리고 지난여름, 자신을 닮아 힘도 목청도 좋은 다섯 살 딸을 둘러업었다. 찌는 듯한 무더위였다. 어린이는 어린이답게 울면서 팔다리를 마구 뻗댔다. 친구는 묵묵히 걸었다. 흔들림 없는 걸음걸이였다. 그 옆에서 따라 걷는 나는 친구의 가방을 대신 든 것만으로 땀에 흠뻑 젖어, 우리의 목적지인 카페가 제 발로 이 앞에 나타나지 않으면 난동을 부리겠다는 눈빛을 하고 있었다. 으아앙! 어린이의 몸이 다시 좌우로 요동쳤다. 친구가 나지막이 말했다.

"…너 엄마가 운동 안 했으면 어쩔 뻔했니."

카페에 도착한 친구는 기운 센 어린이를 내려놓으며 한 번 더 말했다.

"내가 이러려고 운동했나 보다."

완전히 방전된 나와 달리 친구는 땀을 조금 흘렸을 뿐 멀쩡했다. 만약 나였다면 길 한복판에서 어린이와 함께 널브러진 채 발견되었을 것이다. 나는 친구를 보면서 '생수통 이슈'를 떠올렸다.

성차별주의자들은 회사에서 남성이 정수기에서 생수통을 가는 등의 추가 육체 노동을 하기 때문에 여성이 임금을 적게 받는 것은 당연하다는 논리를 펼친다. 나는 처음 이 '생수통 임금 결정론'을 들었을 때 무척 의아했다. 우리 학교의 물통은 다 여자들이 갈았다. 나도 밥을 먹고 커피를 마시듯 물통을 갈았다. 근력에 따른 개인차는 있지만 혼자서 힘들면 두 명이 힘을 합쳐서 해냈다. 그게 임금과 무슨 상관인가? 백번 양보해서, 왜 양보해야 하는지 콩알만큼도 이해가 안 되지만, 어쨌든 상관이 있다면 그 무게가 그렇게 절대적인가? 친구의 어린이는 생수통보다 무거운데 심지어 역동적이다. 생수통은 가는 동안 마구 흔들리거나 움직이지 않는다. 양육자의 대부분이 여성이고, 그들은 춤추는 생수통보다 무거운 아동을 일상적으로 다룬다. 생수통 이슈는 여자의 체력과 근력을 폄하하고, 실제로 여성이 발휘하는 힘을 은폐하는 대표적인 주제다.

성별이나 개인에 따른 근력차와 체력차는 존재한다. 그것을 곧장 능력의 기준으로 환원하여 사회적 불평등의 원인으로 해석하는 의도는 저열하다. 여자가 힘이 약하니까, 근력이 달리니까, 어쩌구 하는 이야기는 진부하고 굳이 반박하거나 대꾸하고 싶지도 않다. 내가 말하려는 것은 그렇게 여자의 '체력'과 '근력'을 '선천적 한계'로 설정하고, 그 안에 가둬두려는 사회적 압력과 욕망이다. 신체적으로, 정서적으로 약한 존재로 여성을 규정하면 통제하기 쉽다.

가냘프고 '여리여리'해서 '여자여자'한 여자만이 사랑받는다는 메시지를, 미디어와 사회 문화 전반이 주입한다. 그 기준에 맞춰 저체중을 유지하려면, 타고나지 않은 이상 체력을 갈아 넣어야 한다. 새모이만큼 먹고 좀비처럼 운동해야 한다. 내가 태어나서 처음 미용 체중의 범위에 들어갔을 때 습관적인 빈혈과 무기력증에 시달렸다. 대중교통에서 갑자기 힘이 빠져 주저앉으면서도 과일 몇 조각으로 끼니를 때우고 트레드밀을 뛰었다. 그때 내 머릿속에는 '체력'이라는 개념이 없었다. 내 몸은 내가 세상을 살아가는 베이스캠프이자, 중요한 무기이고, 오랫동안 함께 가야 하는 동반이라는 인식 자체가 부재했다.

여전히 처음 명명한 사람에게 꿀밤을 주고 싶은 '꿀벅지'가 유행하면서는 양상이 좀 바뀌었다. 보기 좋게 근육이 붙은 몸이 아름다움의 새로운 기준으로 자리 잡았다. '체중 조절=여자의 자기 관리'라는 도식은 이제 '보기 좋은 몸을 위한 운동=여자의 자기 관리'로 바뀌었다. 꾸준히 운동을 했다. 이제 밥을 굶고 유산소만 하면 안 된다는 것은 알지만, 뭔가 찜찜했다. 최근 여자의 체력에 대한 담론들이 분수처럼 샘솟으면서 내가 느낀 미심쩍은 기분의 정체를 비로소 알 것 같았다. 자신을 사랑하는 방법으로 운동을 하라고 외치는 목소리가 빼고 있던 밑장. '잘' 살아낼 수 있는 연료이자 밑바탕인 '체력', 드디어 진짜가 운동 담론의 링에 오른 것이다.

『마녀 체력』, 『우아하고 호쾌한 여자 축구』, 『보통 여자 보통 운동』 같은 책을 홀린 듯 읽어치웠다. 20~30대 때 운동을 소홀히 하던 저자들이 체력의 한계를 느껴 운동을 시작하고 새로운 힘을 발견하거나, 자신의 '평생 운동'을 찾아 즐기는 내용이었다. 우리는 자주 과거로 시간 여행을 해서, 지금 깨달은 중요한 정보를 전달하는 상상을 한다. 유명한 잠언도 있지 않은가. "지금 알고 있는 걸 그때도 알았더라면." 나에게 여자의 운동과 체력에 대한 책들이 그런 메시지처럼 다가왔다. 시간을 달리는 소녀가 될 필요도 없다. 그저 재미있고 매혹적인 책에 푹 빠졌다 나오면 당장이라도 운동을 하고 싶어서 가슴이 두근거리니까.

여자는 약하지만 어머니는 강하다는 말은 여성과 어머니를 이분화하고, 어머니'만은' 강한 존재로 신성화하여 착취하고 싶은 속내를 드러낸다. 앞서 이야기했던 어린이를 다루는 어머니의 체력과 근력은 이런 맥락에서 악용되기도 한다. '모성'이 체력이라는 근거 없는 환상. 그러나 틀렸다. 한 글자도 안 맞는다. 나는 어머니가 될 생각이 없다. 그러나 나는 강해질 수 있다. 강해지고 싶다. 나는 내 몫의 노동을 감당하고 타인을 착취하지 않으며 살고 싶다.

내 친구가 어린이를 잘 돌보는 것 역시 그가 충실하게 쌓아온 체력으로 자신의 생활을 잘 운용하는 맥락으로 이해해야 한다. 출산과 동시에 여성에게만 자연적으로 생긴다는 신묘한 모성의 힘이 아니라, 본인이 10대 시절부터 꾸준히 달리고 구르고 푸시업 하고 메다꽂고 메다꽂히며 기른 자산이 친구를 지탱한다. 그 덕분에 친구는 추가 체력이 필요한 순간 "내가 이러려고 운동했나 보다"라는 말을 할 수 있는 것이다. 나는 그 대사에서 유비무환의 멋을, 비축분이 있는 자의 여유를 느꼈다. 각자의 삶에서 '이러려고'는 서로 다른 형태와 상황과 강도와 질감으로 출몰할 것이다. 현실에는 고정 지출 비용 같은 기초대사량 외에도, 급전처럼 급하게 체력을 당겨써야 하는 변수가 포진해 있다. 작은 컵으로 한 번씩 뜰 때는 충분한 물이라도 갑자기 바가지로 연달아 퍼내야 할 때 금방 바닥을 긁으면 곤란하다. 그럴 때마다 나는 금방 포기하거나 짜증을 냈다.

이제는 내 체력의 곳간을 어떻게 채워야 하는지 생각하고, 내 몸을 들여다보고, 예측하고, 설계하고, 움직인다. 물론 나는 끈기 있거나 부지런하지 않아서 깨달은 뒤에도 성과는 지지부진하다. 그러나 달팽이 같은 속도에 가시적인 변화가 없더라도 지속하려는 시도와, 체력에 대한 인식이 중요하다는 것을 이제는 안다.

BIYN에서 주최한 「1인 가구를 위한 독립생활개론」에서 경제 부문 강의를 들을 때의 일이다. 수강자 중 한 명이 저축 보험의 효용성에 대해 질문했다. 강연자는 대답했다. "지금과 그때의 물가는 다르기 때문에… 드라마 「응답하라 1988」을 보면 정봉이네가 복권에 당첨돼서 받은 금액이 지금 보면 그렇게 크지 않잖아요? 만기돼서 받는 금액이 당시에는 커 보여도 시간이 흐르면 가치가 달라질 수 있어요." 물가 상승률 때문에 '지금'의 가치와 '그때'의 가치가 같지 않다는 부분이 인상 깊었다. 어쩌면 체력은 저축 보험을 넣는 일과 비슷하지 않을까? 의미는 정확히 반대로. 지금은 사소하고 별것 아닌 양 보이는 운동의 성과가, 꾸준히 쌓은 후 돌아보면 그때는 완전히 다른 가치로 다가올 것이다. 여기에 붙는 이자는 은행의 그것처럼 내가 통제할 수 없는 이율이거나, 에계? 싶은 알량한 숫자가 아니라 내가 살아낸 하루하루의 성분. 그런 생각을 하면 운동 가기 싫어서 드러누워 있다가도 슬금슬금 움직이게 된다.

# 말똥밭에 굴러도 이승이 좋다고 하네요

초등학교 6학년 때 2개월 정도 승마를 배웠다. 아니, 2개월이면 '체험'이 더 올바른 표현이겠다. 생각해보니 모든 운동을 체험만 하고 사는 것 같다. 이 정도면 '슈퍼 운동 스타 K'에 '투개월'로 데뷔해도 될 듯. 그러나 승마를 그만둘 수밖에 없는 이유가 있었다.

승마를 했다고 말하면 갑자기 금수저를 보는 듯한 반응이 돌아왔다. 그러면 나도 그냥 입을 다물어버렸다. '돈이 많은 드는 귀족 스포츠'가 승마에 대한 대표적인 인상이다. 국정 농단 사태에서 여러 차례 조명되었던 정유라의 승마 선수 경력이 이런 이미지에 더욱 일조했다. 승마가 보통 운동보다 품이 많이 드는 것은 사실이다. 우선 승마장은 거주지 근처에 있을 수 없으니 멀리 나가야 하고, 적어도 반나절은 통째로 할애해야 한다. 하지만 취미로서 승마를 즐기는 데에는 생각만큼 많은 비용이 들지 않는다. 재력이 필요한 것은 개인이 말을 '소유'하고 관리하는 단계부터다. 현재 국내 승마장은 500여 곳에 이르고, 승마 인구도 많이 늘었다. 낯선 운동에 대한 막연한 선입견을 그대로 발설하기보다는 그 운동을 하는 사람의 이야기를 먼저 듣는 자세를 갖추면 좋겠다. (지금은 동물권 문제를 고민하느라 승마에 복잡한 감정을 가지고 있다.)

당시 나는 가족들과 함께 시 외곽의 산기슭에 마련된 승마장을 찾았다. 제주도에서 탄 조랑말을 제외하고, 내가 본격적으로 말이라는 생물을 본 것은 그때가 처음이었다. 당시 이문세를 '말상'이라고 놀리는 텔레비전 예능 프로그램에 무방비하게 노출되었던 나는 탄식했다. "멋있잖아?" 자신이 인간 세계의 누구와 비견되는지 알면 분노의 뒷발질을 해도 할 말이 없을 만큼, 말은 아름다웠다. 그렇게 힘세고 커다란 동물을 쇠창살 같은 제약 없이 보고, 만지고, 심지어 올라탈 수 있다는 사실에 나는 완전히 압도되었다. 관습적으로 쓰는 단어인 '말근육' 역시 백문이 불여일견이었다.

승마에 대한 정보를 제공하는 여러 책과 사이트에서 공통적으로 이야기하듯이 승마는 생명이 있는 동물과 하나가 되어야 하는 특수한 운동이다. 단순히 운동신경이 좋거나, 내가 열심히 한다고 되는 게 아니다. 생각과 감정이 있고 살아 움직이는 동물과 함께 운동한다는 것은 매혹적이고도 어려운 일이다. 그래서 몇 가지 필수 안전수칙이 있다. 말의 뒤에 서 있거나 뒤에서 접근하지 않기, 왼쪽 가까운 곳에서 끌기, 당황하더라도 소리 지르지 않기, 말은 감각이 예민하기 때문에 예고 없이 만지거나 쓰다듬지 않기.

처음 말에 올라탔을 때 교관이 말했다.

"니가 얼라인 거 말은 다 안다. 그니까 오늘은 니를 깔볼 끼다. 떨어뜨릴라고 할 끼다. 잘 버티야 된다. 고삐 놓치면 절대 안 된다."

사실이었다. 어른들이 탄 다른 말들과 달리 내가 탄 말은 잘 걷다가도 갑자기 멈춰 서서 고개를 마구 뻗댔다. 600킬로그램이 넘는 말의 힘에 나는 금방이라도 딸려 갈 것 같았다. 그때마다 온 힘을 다해 고삐를 당기면서 허벅지를 붙였다. 말은 영리해서 한번 의식한 것은 6개월이나 기억한다. 또한 눈치가 빠르고 겁이 많아서 신뢰할 만한 사람과 그렇지 않은 사람을 구별한다고 한다.

지금은 이름이 기억나지 않는 나의 첫 말이 나를 얌전히 태우고 다니기까지 꼬박 한 달이 걸렸다. 말에서 내리면 손가락 사이가 얼얼하고 온몸이 아팠다. 교관은 후들거리는 나에게 말을 칭찬해주라고 했다. 나는 연년생 언니와 피 터지게 싸우다가 엄마의 요구에 마지못해 눈을 피하며 '사랑해' 하고 포옹할 때처럼, 말을 쓰다듬으며 "아이 예쁘다~ 아이 착해~"를 연발했다. 그마(馬)에게 나의 칭찬은 그닥 당근이 아니었던 것 같지만.

거대하고 딱딱하고 힘센 파도에 앉아 느릿하게 흔들리는 기분. 말과 호흡을 맞추는 경험은 짜릿하고 특별했다. 승마는 신체 교정, 허리 유연성 강화, 집중력 강화, 신체 리듬감 증진, 담력 강화 등의 효과를 선전하는데, 장 운동 개선과 변비에도 좋았다.

나는 기초 보법(걸음걸이)을 주로 배웠다. 평보, 속보, 구보 3단에서 평보는 말이 편하게 걷는 것이다. 그다음 약간 빨라지면 속보인데, 교관에 따라 경보라고도 불렀다. 말의 두 다리가 같이 움직이며 걷는다. 겉으로 보기에는 그다지 빠르지 않은데, 타고 있으면 훠우! 여기가 바로 에버랜드 T 익스프레스 위! 땀이 줄줄 나고 금방이라도 곤두박질칠 것 같은데 말의 걸음걸이에 맞춰 골반을 움직이란다. 엉덩이를 씰룩… 씰룩쌜룩…? 선생님… 제 간담이 씰룩쌜룩인데요….

그다음이 우리에게 익숙한 구보다. 말이 '따그닥따그닥' 달린다. 나는 이 단계에 도저히 익숙해지지 않아 매번 고삐를 당기며 속보로 주저앉았다. 아, 그마는 달리고 싶었지. 교관은 나에게 낙마를 한번 해봐야 한다고, 잘 떨어질 줄 알아야 잘 타게 된다고 설득했다. 나는 고삐를 꽉 쥔 채, 어른의 말을 잘 듣는 척하지만 다 흘려보내는 청소년이 으레 그렇듯 고개만 끄덕였다. '내가 왜 낙마를 해요, 올림픽에 나갈 것도 아닌데 이 아저씨야…' 하고 억울해하면서. 낙마에 대한 공포는 낙마해서 죽은 사람에 대한 소문과 말의 풍채가 더해지면서 점점 더 커졌다. 매 시간 여러 트랙에서 몇 사람이 어이쿠 하고 말에게 내동댕이쳐지는 걸 보면서도 나는 따개비처럼 말의 등에 달라붙었다. 착하지? 우리는 걷기만 할 거야, 너는 날 떨어뜨리지 않겠지? 보법이 익숙해지면 장애물을 넘는 등의 단계로 나아간다. 보기에 멋있는 만큼 상당한 숙련도와, 말과의 교감이 필요하다.

승마의 간을 한 번 본 우리 가족은 이후 영화 「좋은 놈, 나쁜 놈, 이상한 놈」에서 정우성이 말을 타고 달리면서 총을 돌릴 때, 홀딱 반하는 동시에 염통이 다 쪼그라들었다. 멋있지만 무척 위험한 장면이었기 때문이다. 아니나 다를까 정우성이 인터뷰에서 그 장면을 언급했다. "근데 사실 총이 살짝이라

도 삐끗해서 말 머리라도 치게 되면 큰 사고가 나는 거잖아요. 지금 멋있다고 회자가 돼서 다행인데, 다 목숨 걸고 하는 거예요." 인터뷰에는 함께 영화를 찍은 말이 영국 경주마 출신이라 힘이 너무 좋아서, 타고 나면 다리에 힘이 풀려 떨어졌다는 말도 있었다.

승마를 그만둔 대외적 이유는 중학교에 진학하면서 시간이 부족해졌기 때문이다. 진실은 따로 있었다. 어느 날 승마를 마친 나는 마구간에서 얼씬거리며 방금까지 나와 호흡을 맞춘 그마에게 질척거렸다. 내 나름대로 애착이 생긴 터였다. 그때, 건너편 언덕에서 뒤늦게 나를 발견한 교관이 소리를 질렀다.

"나와! 빨리 나와!"

왜 저러지 싶어 돌아본 순간 마구간과 연결된 통로에서 다그닥 다그닥 소리가 들려왔다. 내가 있는 줄 모르고 목욕을 마친 말을 들여보낸 것이다. 공간이 좁아서 피할 곳이 없었다. 눈사태를 마주한 것처럼 온몸에 소름이 쭈뼛 돋았다. 나는 달리기 시작했다. 하지만 나는 달리기에서 항상 피날레를 장식하는 아이. 등 뒤에서 다그닥거리는 소리가 가까워지고, 13년의 인생이 주마등처럼 머리를 스쳤다. 그리고 마구간의 끝에 도달했을 때 나는 본능적으로 왼쪽으로 몸을 던졌다. 다그닥 다그닥! 말은 그대로 나를 지나쳐 달려갔다.

정신을 차리고 보니 나는 말똥 더미 위에 널브러져 있었다. 가장 아끼는 청바지(승마를 할 때 사복으로는 튼튼한 청바지가 적절하다)에 그려진 말똥 무늬 패턴. 뜨거운 눈물이 흘렀다. 살았다는 안도감 때문인지 말똥밭에 굴러 목숨을 보전한 것에 대한 치욕감인지, 바지에 대한 아쉬움인지 그 모든 것이 3 in 1 된 결과인지는 아직도 모르겠다. 볼은 안 빨갛지만 사춘기인 나는 큰 충격을 받았다. 똥 묻은 바지를 어기적거리며 집에 간 날, 나는 다시는 승마장에 가지 않겠다고 선언했다. 나의 승마 체험은 그렇게 끝이 났다.

## # 니 맛 내 맛 PT 체험기

경상도에서는 음식이 맛없을 때 '니 맛도 내 맛도 없다'라는 표현을 쓴다. 누구의 입에도 맞지 않는다는 이 말은 정확히 말하면 먹자마자 뱉을 수준은 아니고, 꼭 먹어야 한다면 어찌어찌 먹을 수는 있지만, 절대 맛있다는 빈말은 못 하는 '미묘한 맛없음'을 묘사하는 데 적절하다. 그런 점에서 나는 내 인생 첫 PT를 '니 맛도 내 맛도 없는' 것으로 기억한다. 완전히 사기꾼은 아니라고 생각하지만 딱히 좋지도 않았기 때문이다.

연예인이나 하는 운동이라고 생각했던 PT에 처음 발을 들이게 된 이유는 재활이었다. 나는 족저근막염과 건초염을 핑계로 몇 년간 운동을 전혀 하지 않았다. 불어난 체중보다 문제는 급격하게 떨어진 체력이었다. 도통 일어나질 못해서 아랫목에 묻어둔 청국장처럼 잠만 퍼잤다. 언덕에 있는 도서관에 한 번 오르면 그날 준비한 체력이 모두 소진되어, 하루 종일 책상에 엎드려 있다가 돌아왔다. 석사 졸업 논문을 쓰느라 카카오톡도 삭제하고 집에만 있을 때였다. 누구도 관리해주지 않는 시간이 넘쳐나는데 나는 늘 무기력과 피로에 시달렸다. 그제야 왜 건강한 몸에 건강한 정신이 깃든다고 했는지 알 것 같았다. 역시 클래식은 영원하고, 조상님은 대부분 헛소리를 하지만 아주 가끔 뼈에 새겨야 하는 지혜를 남긴다.

무리하면 금방 드러눕는 발과 손이 불안해서, 전문가의 도움을 받기로 했다. 그때부터는 숨 막히는 검색의 연속이었다. PT는 후기를 찾기 어렵고 가격도 비공개가 많았다. '잘못 걸리면 양아치한테 돈 날리는 거예요.' 어쩌다 가격을 공개한 곳은 '특가'나 '선착순'을 내세웠는데, 회원님 짬밥 n년이면 그런 문구에 쉽게 흔들리지 않는다. 집 근처의 운동 센터 여러 곳에 전화를 걸었다. 20회에 200만 원이라는 말을 들었을 때는 최대한 침착하게, 돈이 없어서 목소리가 떨린 게 아니라 갑자기 기침이 나온 것처럼 콜록거렸다. 결국 1회에 5만 원인데 현금 결제 시 추가 할인이 되며, '여성 전용'이라고 광고하는 곳에 등록했다. '운동을 오래 쉬었다. 무거운 물건을 들거나 점프 동작 등은 할 수 없다. 다이어트 목적이 아니기 때문에 식이 관리는 필요 없다'와 같은 주의 사항을 전달했다.

여자 트레이너는 수업이 다 차서 자동으로 남자 트레이너가 배정되었다. 트레이너는 30대 남자였고 너와 나의 머릿속에 있는 바로 그 모습이었다. 민소매를 입었고 굵직한 양쪽 팔이 몸통에서 살짝 떠 있으며 활기차고 쉴 새 없이 말했다. 나도 어디 가서 오디오 안 비기로는 지지 않는 사람이지만 묵묵히 운동만 했다. 트레이너와 회원님의 관계에는 그런 힘이 있다. 지금까지 운동을 소홀히 한 자는 입이 열 개라도 할 말이 없는. 그가 자신의 전문 분야인 운동을 기준으로 나를 평가하거나 폄하했다면 실수인 척 아령을 쥔 주먹으로 턱이라도 쳤을 테지만, 다행히 그렇게까지 별로인 사람은 아니었다. 그래도 사적인 대화는 나누기 싫었다. 같은 시간대에 운동하는 다른 트레이너는 회원님을 우두커니 세워놓고 떠들어댔다. 친절한 한국 여성인 회원님이 맞장구를 너무 잘 쳐줘서 더 슬펐다. 우리의 운동 시간도 그렇게 될까 봐 겁을 먹은 나는 무슨 일을 하냐, 몇 살이냐, 어디 사냐 같은 질문에 웃기만 했다. 트레이너가 빨리 나의 성향을 파악하고, 스몰 토크나 농담 따먹기 없이 운동이나 가르쳐주길 바랐다.

매 시간 트레이너는 내 양쪽 발을 마사지하는 것으로 운동을 시작했다. 밴드의 탄성을 이용해서 손목과 발목의 근육을 강화하는 기본 동작을 배우고 플랭크와 스쾃 같은 근력 운동의 정석도 차근차근 해냈다. 예전에도 근육량은 표준미달이었지만 오기로 깡으로 버텼는데, 약 2년간의 칩거 생활은 핫바 같았던 내 몸을 우뭇가사리에 가까운 무언가로 만들어버렸다. 꽃이 피는 건 힘들어도 지는 건 잠깐이라던 시인이 근력 운동을 했다면 그 자리에 근육을 넣었을 텐데.

일주일에 2~3회 PT를 받았다. 체중이나 체형에는 아무 변화가 없었다. 트레이너는 아직 살 뺄 생각이 없다는 나를 좀 특이한 회원님으로 여겼다. 돈을 들였으면 티가 나기를 바라는 인간의 본능, 나도 당연히 있었다. 계속해서 마인드 컨트롤을 했다. 욕심 내지 말자. 몸의 상태는 신경 쓰지 않고 날뛰다가 정형외과에 출석 도장을 찍은 과거가 고삐가 되어주었다. 플랭크 시간이나 스쾃 개수가 조금씩 늘어나는 데 집중했다. 오랫동안 늘어지고 구부러지고 접혔던 몸 구석구석을 두드려 깨운다는 느낌으로 운동을 하러 갔다.

생각해보면 당연한 일이었다. 고작해야 두세 달, 바뀌면 뭐가 얼마나 바뀌겠는가. 어릴 때부터 동굴에서 인고의 시간을 견디는 곰과 호랑이 설화를 듣고 자란 탓인지, 한국인은 무엇이든 100일 안에 결판내고 싶어 한다. 길다면 길고 짧다면 짧은 그 시간은 새로 만든 습관이 몸에 붙고, 몸에 밴 나쁜 습관을 떨어뜨리기에는 충분하다. 하지만 괄목할 만한 변화를 이끌어내기에는 빠듯하다. 물론 할 수는 있다. 토하게 운동하고 비틀어지게 식단을 조여서 신데렐라가 된 사람들이 텔레비전에서, 유튜브에서, 헬스클럽 입간판에서 손을 흔든다. 하지만 보통은 그렇게 살 수 없다. 일상은 다이어트 서바이벌이 아니다.

이 정도면 첫 PT는 썩 나쁘지 않은 경험으로 분류할 수 있다. PT 막바지에 트레이너가 감기에 걸려 2회 정도 여자 트레이너가 수업을 대신 해주기 전까지는 그렇게 생각했다. 임시 트레이너는 나를 보더니 대번에 나의 허벅지와 무릎을 지적했다. 과도한 유연성 때문에 서 있으면 무릎이 뒤로 휘는 '백니Back Knee', 다른 말로 반장슬 휜다리라고 했다.

"허리랑 무릎이 아플 거예요. 무릎에 부담이 많이 가거든요. 회원님은 종아리랑 허벅지 근력에 각별히 신경 쓰셔야 해요."

다리가 뒤로 젖혀지니까 늘어진 허벅지 앞근육을 강화하고, 짧아진 근육을 풀어줘야 한다는 뜻이었다. 그때는 그 말을 다 알아듣지 못한 채 임시 트레이너의 하체 강화 운동을 받았다. 여자들은 운동을 하면서도 근육질이 될까 봐 두려워한다. 운동하는 여성이 아름답다면서 근육이 두드러진 여자를 조롱하고 비하하는 데 최선을 다하는 사회에서 여성의 근육은 애덤

스미스 같은 존재여야 한다. 보이지 않는 손, 아니, 보이지 않는 근육! 빌트인 냉장고처럼 안에 있지만 절대 모양이 드러나서는 안 되는.

"근육 생기는 걸 무서워하시면 안 돼요."

임시 트레이너는 마지막으로 그렇게 말했다. 나는 홀린 듯 고개를 끄덕였다. 레깅스 핏을 꿈꾸며 종아리 보톡스를 맞았다가 고생했던 과거가 무릎을 꿇었다. 처음부터 이 선생님과 운동을 했다면 좋았을 텐데. 아쉬움이 몰려왔다. 추가로 등록을 하기에는 비용이 부담스러워서 나의 첫 PT는 그렇게 끝났다. 자기 주도적 운동을 했기 때문에 과정은 그럭저럭 만족스러웠지만, 트레이너의 전문성이나 수업의 질을 생각하면 아쉬웠던, 그야말로 니 맛도 내 맛도 아닌 채로.

# PT, 유사 연애 향 첨가

처음 뭔가 이상하다고 생각한 것은 웹서핑을 하면서 웃긴 '짤'을 찾을 때였다. 유난히 트레이너와 주고받은 메시지를 캡처해서 올리는 사람이 많았다. 그 후 종종 인터넷에서 웃긴 자료들을 모아서 보여주는 큐레이팅 서비스 등에서 '다이어트 중에 트레이너에게 혼난 Ssull', '술 먹다가 그만.jpg' 같은 유의 제목으로 비슷한 내용을 볼 수 있었다. 대표적인 한 이미지는 식이 조절 관리를 받는 여성 회원이 올린 것 같았다. 술을 마신다고 새벽에 카톡을 보내고, 내 마음대로 마실 거라고 주정(?)을 부리면 트레이너가 "ㅎㅎ 내일 혼나야겠네~"라는 식으로 답하는 대화였다. 대화 내용이나 분위기가 꼭 연인 같았다. 시간은 주로 새벽 1~2시였고, 메시지를 보내는 사람이 상당히 취한 듯 오타투성이다. 그렇게 한참 떼쓰다가 다음 날이면 '헐ㅠㅠ 죄송합니다ㅠㅠㅠ' 하고 사과하기를 반복하는 패턴이었다.

트레이너와 주고받는 이런 메시지는 주로 여성이 보내고 캡처해서 올리는 것으로, '먹지 말라고 했는데 먹어버린 나'와 트레이너의 야멸찬 반응을 웃음 포인트로 잡고 있다. 한결같이 트레이너가 호의적이거나 상냥한 반응을 보인다. 그렇지 않으면 부끄러워서 공개할 수 없을 것이다. 술에 취해서 실수인 척 좋아하는 사람에게 메시지를 보내는 것이 고전적 수법이다 보니, 저 상황은 썸의 한 단계로도 보인다.

식단을 기획하고 정보를 알려주는 것은 트레이너의 역할이지만 실행 여부를 일일이 보고받고 확인할 의무는 없다. 오히려 이는 추가 노동에 해당한다. 특히 새벽이나 밤처럼 근무 시간 외의 시간에 하는 연락은 어떻게 봐도 '퇴근 후 업무 카톡'이다. 그러나 마치 보험처럼, 영업과 회원 관리가 중요한 일대일 응대 프로그램으로 만난 트레이너와 회원은 대부분 잦은 연락을 주고받는다. 회원이 먼저 '고백할 게 있다'라며 먹은 것을 '자수'하거나, 트레이너가 오늘 뭐 먹었냐며 문자를 보내는 식이다.

이런 도식은 연애 혹은 유사 연애로 이어진다. 유사 연애는 공식적인(?) 연인은 아니지만 연애의 분위기나 연인의 역할을 수행하는 행동 전반을 일컫는 말이다. 소위 '썸'을 타는 경우는 더 흔하다. 이 중에 PT 받다가 트레이너랑 영화 한번 안 본 사람 접어(앗 저는 접었습니다요). 인터넷 기사에는 강남의 헬스 트레이너가 '사모님'들과 몇 다리를 걸쳤다가 난투극이 벌어졌다는 가십이 종종 올라온다. 이러한 배경에는 정기적으로 만나서 신체적 거리를 좁히며 대화를 하는 PT의 특성도 있다. 신체적 거리를 좁힌다고 표현하니까 좀 이상한데, 근육에 대해서 설명하거나 운동 자세를 잡아주기 위한 목적이기 때문에 접촉 자체로는 아무 문제가 없다. 대화가 점점 늘어나는 것도 어느 정도는 자연스럽다.

그런데 이런 분위기가 상호 간의 협의를 바탕으로 하지 않으면, 순식간에 실질적인 위협이나 여성의 운동 경험을 차단하는 장벽이 된다. 여성 회원이 새벽 1시 트레이너와의 카톡을 웃긴 사건쯤으로 여길 수 있는 이유는 그 연락이 '위협'은 아니기 때문이다. 추가 노동으로 인한 피로가 피해의 전부다. 성별이 바뀌면 이 상황은 완전히 다르게 흘러간다. 남성 회원이 여성 트레이너에게 술에 취해 연락한다면? 남성 트레이너가 야심한 시간에 식단 지도를 구실로 연락한다면? 운동을 가르쳐준다고 하는데, 신체 접촉이 과도하다는 생각이 든다면? 자꾸 사적인 질문을 한다면? 여성은 평생 타인의 접촉이 고의인지 실수인지, 성적인 의도를 담고 있는지 아닌지 생각하고 판단하는 데 에너지를 쓴다. 이 감각은 사용하지 않을 때에도 배터리를 소모하는 기본 앱 같다. 수기적으로 만나서 몸 쓰는 법을 배워야 하는 상대에게 안전함을 느끼지 못한다면 운동 시간은 즐거울 수 없다.

한 패션지에서 읽은 칼럼은 회원들과 일종의 '밀당'을 하면서 재등록을 유도하는 트레이너의 상술과, 거기에 휘둘리는 지인의 사례를 소개했다. 아예 유사 연애를 전략으로 활용하는 트레이너가 있을 수 있다. 그런 스타일을 좋아하는 회원님도, 있을 수 있다. 하지만 칼럼의 내용은 결국 어장 관리와 희망 고문을 당하다가 돈만 날린 지인의 억울함이 중심이었다. 어려운 문제였다. 만약 분위기와 대화를 판매하는 것을 넘어, 실제로 성적 착취나 기만으로 이어진다면 더더욱.

PT는 회원이 트레이너에게 어느 정도 자신에 대한 통제권을 넘기는 행위다. 트레이너는 식단 조절이나 몸의 변화에 관여할 자격이 생기고, 얼마나 의견을 잘 따르는지가 곧 운동의 성과로 드러나기도 한다. 어느 한쪽의 감정적 의존이 생기기 쉽다. 이런 관계는 폭력과 착취에 취약하다. 정신과 의사나 상담자가 환자나 피상담자에게 성폭력을 저지르는 것이 비슷한 경우에 해당한다.

연애 감정도 결국에는 어느 정도 구성되는 것이다. 사랑은 특정 조건이 갖춰지면 발동되는 "부호화된 감상"일 수 있다. 문화는 감정 경험을 조직화하고 해석하는 틀이다. 우리 사회의 높은 연애 농도는 어떤 관계든 조금만 친밀하거나 만남이 잦으면 금방 로맨틱하게 버무려버린다. PT는 상대적으로 연애 감정이 싹트기 쉬운 배경에서 유사 연애를 판매하고 수용한다. 너도 알고 나도 알고 재미로만 즐긴다면 무슨 상관이겠냐만은, 적어도 운동을 하러 온 공간에서는 좀 더 적극적인 분리와 구분이 필요하다는 생각을 한다. 접촉이나 친근한 대화는 운동을 위한 것이지 '그린 라이트'가 아니라는 인지와 '본업에 충실한' 태도 말이다. 여성 회원이 웃으면서 대화를 다 받아주는 이유는 일대일로 운동 배우는 상황에서 어색해지기 싫어서일 확률이 크고, 트레이너가 새벽의 카톡을 받아주는 것은 업무의 연장이며, 회원님들은 운동을 배우러 왔지 인터뷰하러 온 게 아니니 사적인 질문은 적당히 하자?

나에게는 신조가 있다. 뭐냐 하면, "춤은 추는 게 아니라 보는 거다." 그런 나에게도 밤낮없이 춤을 추었던 과거가 있으니. 내가 다녔던 여자 고등학교에서 체육 시간에 스포츠 댄스를 가르쳤다. 지금은 다 까먹었지만 나는 2년간 차차차, 자이브, 왈츠를 섭렵했다. 그러나 당장 어느 나라 왕자가 무도회를 열어서 초대장을 뿌려도 열여덟 살의 진송은 참가할 수 없었다. 아니 참가는 해도 왕자와 춤을 추지는 못할 것이다. 내가 배운 것은 죄다 남자 파트였기 때문이다. 여자 스텝을 밟을 줄 아는 왕자라면 나와 환상의 짝꿍이 될… 리가?! 하늘이 내린 몸치, 댄스 동아리 센터도 구제를 포기한 각목 인간은 남자 파트든 여자 파트든 공평하게 삐걱거리겠지.

체육 시간이면 번호대로 선 두 사람이 마주 보고 섰다. "더 큰 애가 남자야." 선생님의 지령에 따라 남자와 여자의 역할이 나뉘었다. 선생님은 왜 키로 역할을 나누었을까? 남자보다 더 큰 여자, 여자보다 작은 남자도 있잖아요? 불만이 가득한 얼굴로 서 있자니 무섭기로 소문난 체육 선생님이 눈을 부라렸다. 우리는 용맹한 웰시코기에게 몰리는 양떼처럼 힘없이 서로의 허리와 어깨에 손을 얹었다.

예술 고등학교도 아니고, 스포츠 댄스라는 걸 살면서 접할 기회가 얼마나 될까. 그때는 지금처럼 아이돌 그룹 커버 댄스, 버스킹, 댄스 챌린지 영상 올리기 등이 유행하기 전이었다. 장기자랑을 시키면 냅다 개다리춤부터 춰대던 자아 없는 유아 시절을 지나면, 춤은 정말 극소수의 타고난 (다른 말로는 좀 '잘나가는') 친구나 즐기는 것이었다. 나 같은 애의 역할은 수련회를 가면 무대 밑에서 우리 반 베이비복스나 티티마를 응원하는 일이었고. 그런데 춤을 추라고요? 그것도 차차차를?

나를 비롯한 친구들은 어리둥절한 얼굴로, 그러나 착실하게 스텝을 밟기 시작했다. 수행평가를 본다는 말 때문이었다. 학교라는 감옥에 갇혀 교복이라는 죄수복을 입고… 중얼중얼… 완투 차차차… 대한민국 입시 지옥 규탄한다! 쓰리 포 차차차…. 책상과 의자에 완전히 맞춰진 몸에서는 스포츠 댄스의 모든 동작이 어색하고 겉돌았다. 아무리 점수와 직결된다 하더라도 하찮은 몸뚱어리는 교육과정마다 내 발목을 잡았다. 평생 가운데 걸터앉기만 한 뜀틀, 계단에서 뛰어내리는 비법 등을 동원했으나 실패한 쌩쌩이(2단 줄넘기), 의자를 치우자마자 철봉에서 떨어진 턱걸이 등. 하지만 이건 둘이서 하는 종목이었다. 내가 못하면 친구까지 주저앉는다. 그럴 순 없어, 여자가 의리가 있지! 나와 짝꿍은 언제 어디서든 눈만 마주치면 손을 붙잡고 비장하게 골반을 씰룩거렸다.

처음에는 춤을 춘다는 것 자체가 너무 창피하고 이상했다. 그런데 어느 순간 내 입에는 착한 사람 눈에만 보이는 장미 한 송이가 물려 있는 것 같고, 저만치 후루룩 갔다가 내 품으로 확 끌려 들어오는 파트너가 에스메랄다 같고 막. 수행평가 철이 다가오자 쉬는 시간이나 점심시간에 너 나 할 것 없이 노래를 틀어놓고 춤판이 벌어졌다. 내신 점수가 중요한 입시 위주의 일반계 고등학교다 보니 춤바람이 오히려 후끈 달아올랐다. 헤이 미키 육수 팔이 육수 파는 너와 나의 미키! 헤이 미키! 아 원츄 투 미키 투 미키~! 평가에 쓰이는 팝송을 들리는 대로 불러젖히며 춤을 추다 보면 수시로 웃음이 터졌다. 평소 얌전하고 수줍음을 많이 타던 친구의 현란한 골반, 예사롭지

않은 스텝, 허리를 뒤로 꺾으며 넘어갈 때 짓는 치명적인 표정 같은 것들이 땅속에 묻혀 있던 알감자처럼 올망졸망 딸려 나왔다. 보이지 않을 뿐, 세상에는 모르고 지나치면 아쉬울 순간과 즐거움과 타인의 얼굴이 여기저기 숨은그림찾기처럼 포진해 있었다. 재미있어서 몰입했는지, 몰입해서 재미있었는지 모르지만 그 무렵의 걸음걸이는 언제나 원 투 쓰리 포, 슬로 슬로 퀵퀵이었다.

드라마로 제작되기도 한 다큐멘터리 영화 「땐뽀걸즈」에는 거제여자상고의 댄스 스포츠 동아리인 땐뽀반이 나온다. 내신 점수가 볼모였던 나와 달리, 춤 연습과 대회 참가는 아르바이트가 중요한 땐뽀반의 일상에 걸림돌이다. 그런데도 열여덟의 땐뽀반을 움직인 것은 재미와 열정이다. "나 학교에서 제일 웃는 시간이 뭔지 아나? 체육시간에 춤출 때가 제일 재밌음." "엄청 힘들어. 근데 엄청 재밌어." 영화는 취업을 준비하는 거제여상 학생들의 진로와 조선업의 쇠락으로 고용이 불안한 거제의 현실을 조명하면서도, 좋아하는 것에 집중하는 반짝거림을 섬세하게 포착한다. 땐뽀반은 댄스 스포츠를 통해 반 친구들의 주목을 받기도 하고, 대회에 출전해서 기량을 뽐내기도 한다. 춤은 운동의 기능뿐 아니라 평범한 사람에게도 무대의 경험을 안겨준다는 점에서 더 특별한 것 같다. 타임슬립이 가능하다면, 아직 차차차와 자이브를 출 줄 아는 2005년의 나를 땐뽀반으로 데려가고 싶다(너무 못 춰서 입부를 거부당할지도).

댄스 스포츠 체험은 특별하고 즐거운 기억으로 남았지만, 나는 결국 모두가 진도를 나갈 때 혼자 우두커니 서 있는 방송 댄스반의 깍두기로 자랐다. "왜 내 맘을 흔드는 건데"라는 가사에도 절대 흔들리지 않던 내 몸은 골대 밑의 강백호, 난공불락의 철옹성. 남들보다 진도가 처지면 못 견디는 성격 때문에 춤은 나의 인생 운동이 되지 못했다.

물론 이것은 어디까지나 나의 사정이고, 아직 찾지 못한 내 인생 운동이 춤일 수도 있으니 호기심이 동한다면 망설이지 말고 한번 둠칫거려보자. 춤의 선택지는 아주 다양하다. 방송 댄스나 힙합뿐 아니라 발레, 탭댄스, 댄스 스포츠, 폴 댄스, 줌바 댄스 등의 세계가 기다린다. 그리고 우리의 몸에는 시도해보지 않으면 평생 모를 재능이 어딘가에 숨어 있다. '헤이 미키 육수 팔이' 전주만 들리면 두꺼운 안경을 벗어던지며 얼굴이 돌변하던 반장처럼. 음악에 몸을 맡기며 슬프지 않아도 힙합을 추는 오늘 밤 주인공은 너야 너!

# # 운동은 금메달의 얼굴을 하지 않았다

필라테스를 2년 정도 했다고 말하면 나를 위아래로 훑어보는 사람이 있다. 자신의 머릿속 '필라테스 하는 여자'의 이미지, 마르고 탄탄한 몸을 기대하는 것이다. '필라테스를 하는데 왜…?'라는 의문의 눈빛은, 한 가지 운동을 꾸준히 해온 내 친구들 앞에도 약간의 변주를 거쳐 출몰한다. 스쿼시를 7년 한 친구에게는 수상 경력을, 복싱을 오래 한 친구에게는 대회 출전 여부를, 헬스를 오래 한 친구에게는 3대(스쿼트, 벤치 프레스, 데드 리프트)를 몇 킬로그램 드는지 묻는다. '그만큼' 했으니 '이 정도는' 해야 한다거나, 당연히 '이 정도 경지'에는 이르겠거니 하는 시선이 존재한다. 자신의 기준에 미달한다는 이유로 "헬스를 몇 년 했는데 그것밖에 못 들어요?"라고 입 밖에 내는 무례함은 듣고도 믿을 수 없었답니다.

운동 능력이나 체력이 차근차근 단계를 밟아 오르는 과정은 즐겁다. 버겁던 동작을 어느 순간 자연스럽게 따라 할 때, 엑스칼리버처럼 꿈쩍도 하지 않던 무게가 쑥 들릴 때, 그림자처럼 따라다니던 통증이 사라지고 아침에 몸을 일으키기가 조금 더 수월해졌을 때, MSG 없어도 입에 짝짝 붙는 승부에 맛들렸을 때…. 갑자기 벅차오르고 난리가 난다. 그러나 이를 '검증하려는' 접근은 반갑지 않다. 등수에 민감한 엘리트 체육주의 때문일까, 아니면 쉬려고 떠난 여행조차 무언가 느끼고 배운 게 있어야 한다는 한국인의 혈관을 타고 흐르는 성과주의 때문일까?

못하면 금방 때려치우고 포기하는 내가 할 말은 아니지만, 아니, 그래서 더 설득력 있을지도 모르겠는데, 무엇이든 최고가 되거나 어떤 경지에 오를 필요는 없다고 생각한다. 운동도 마찬가지다. 나의 기대와 몸은 언제나 속도와 보폭이 안 맞는 이인삼각 같다. 잘하려고 할수록, 눈에 띄는 변화를 갈망할수록 기대는 저만치 달려 나가고 몸은 따르지 않아 넘어지는 형국이었다. 스스로에게 실망하거나, 조바심을 내면 금방 질린다. 모든 운동이 다 그렇다. 우리가 해야 할 운동은 금메달의 얼굴을 하지 않았다. 잘하거나 누군가를 이기거나 어디 대회에 출전할 필요는 없다. 굳이? 굳이! 운동하자고 떠드는 책이지만, 운동의 기쁨은 성취와 향상만이 아니다.

나는 어렸을 때 배드민턴을 오래 했다. 대부분 약수터에서 취미 삼아 하는 운동이지만 선수 출신에게 정식으로 배운 만큼 나의 서브나 드라이브는 숨겨도 트윙클 티가 났다. 중학교 수행평가에서는 체육 선생님에게 완승을 거두었고 여고 체육대회에서는 학년 대표로 출전했다. 체육 점수 만점, 여학생에게 느물거리던 체육 선생이 내가 보낸 서브에 허우적댈 때 친구들이 지르던 환호, 치열한 접전 끝에 1승을 거두고 부둥켜안던 순간의 기쁨은 강렬했다. 하지만 배드민턴과 관련된 가장 소중한 기억은 얼마 되지 않는 외할아버지와의 추억이다. 경상도 출신 장남의 둘째딸인 나는 친척 어른들에게 대놓고 구박을 받지는 않았으나 딱히 귀여움을 받은 기억도 없다. 추억이라고 부를 만한 사적인 경험이 빈약했다. 그러니 내가 외할아버지와 공유했던 둘만의 시간, 혹은 내가 그를 한 사람의 인간으로 인식했던 순간은 함께 배드민턴을 친 날이 거의 유일하다.

내가 열한 살에서 열두 살 정도였을 때 외할아버지가 병원 검사를 받으러 우리 집에 며칠씩 머물렀다. 어색했다. 우리 사이에는 60년에 달하는 세대차가 있었고, 그 간극을 극복할 의

지나 능력이 양측 모두에게 없었다. 나는 황도 통조림 따위나 사서 갖다드리며 적당히 어른을 대접할 줄 아는 손녀 흉내를 내는 데 만족했다. 그런데 현관에 놓여 있는 배드민턴 라켓을 본 외할아버지가 나에게 배드민턴을 치자고 했다. 집에만 있으니 답답하고 심심하다고 했다. 고작 6층을 오가는 엘리베이터 안에서도 무척 어색했던 기억이 난다.

외할아버지는 배드민턴을 잘 쳤다. 웬만한 어른들과 쳐도 랠리가 이어지지 않아 금방 싫증을 내던 내가 재미를 느낄 정도였다. 솔직히 놀랐다. 나에게 외할아버지는 최초의 기억부터 항상 노인이었고, 노약자였다. 그런 그가 날아오는 셔틀콕을 따라 날렵하게 움직이거나, 평생 농사만 짓는 줄 알았던 팔을 부드럽게 휘둘러 적절한 클리어를 띄우거나, 셔틀콕이 뜨고 떨어질 때마다 웃고 아쉬워하는 얼굴 표정을 시시각각 바꾸는 것은 내 상상 밖의 전개였다. 신선했고 신기했고 좀 신이 났다. 할아버지는 그 후로 8년을 더 살다가 돌아가셨다. 아마 배드민턴을 치던 그 짧은 시간 동안 할아버지와 나 사이의 밀도는 우리가 함께 보낸 시간을 다 합친 것보다 높았을 것이다.

외할아버지는 그 시절 노인이 대부분 그러하듯 나를 개별적 인격으로 인지하거나 봐준 적이 없다. 할아버지는 가끔 가족 중에서 내가 공부를 제일 잘한다고 사람들 앞에서 자랑하곤 했는데, 그때도 엄마와 아빠의 기쁨이 우선이었다. 사실 나도 외할아버지가 나를 어떻게 생각했는지 별로 관심 없다. 다만 종종 생각한다. 터무니없이 어린 내 앞에서, 나이 든 육체가 자연스럽게 달리고 구부러지던 풍경이나, 대화라도 할라치면 숨이 턱 막히는 우리 사이를 사뿐하고 초연하게 오가던 셔틀콕, 배드민턴 이야기를 하느라 대화가 끊이지 않던 돌아오는 엘리베이터 안. 이것이 내가 그를 기억하고 추모하는 방식이다. 고구마 줄기처럼 주렁주렁한 다른 손자 손녀들 중 누구와도 같지 않은.

산을 오를 때 목표만 보는 사람이 있고, 눈앞의 풍경과 꽃과 풀과 흙과 나무의 냄새를 더 중시하는 사람이 있다. 운동의 궤적은 퀘스트를 깨듯 쭉쭉 나아가기만 하는 전진형보다, 어제보다 조금 더 멀어진 지점을 찍고 다시 시작점으로 돌아가는 나선형에 더 가깝다. 변화하는 몸은 '이미 깬 판'과 달리 '나'와 단절되거나 지나가지 않고, 매번 똑같은 위기나 다른 변수에 봉착하기도 한다. 그러니 얼마나 멀리 가느냐보다 얼마나 꾸준히 나가고 돌아오기를 반복하느냐가 더 중요하다.

나에게는 열다섯 살 차이가 나는 남동생이 있다. 그때의 나 정도로 큰 남동생과도 배드민턴을 치러 나가곤 했다. 그 애와 나의 나이차는 외할아버지와 나만큼 아득하지도 않고, 우리는 나이차를 극복할 만한 능력과 의지가 있다. 그리고 남동생은 그때의 외할아버지보다 아직 좀 서툴고, 나는 그때보다 훨씬 더 못 친다. 에계, 소리가 겨우 날 만한 실력이 흔적기관처럼 남았다. 하지만 서브를 주고받고, 서로 허세를 떨고, 코에 셔틀콕을 얻어맞는 바람에 허리를 꺾어가며 웃을 때의 교감은 금메달보다 반짝거린다.

운동에서 성취는 중요하다. 그러나 성취가 운동의 전부는 아니다. 운동이 선물하는 특별한 경험은 종종 무엇과도 바꿀 수 없는 추억으로 깃든다.

# 홈트 하면 다 언니야

내가 잠깐 다녔던 회사에서는 총 네 명의 작가들이 함께 일을 했다. 한 명을 제외하면 우리는 처음 회사에 들어왔을 때보다 단기간에 체중이 많이 불었다. 세 사람은 찐 이유만큼이나 다른 방식으로 체중 감량에 돌입했다. 그중 한 동료는 집이 멀어서 평일에는 사무실에 딸린 숙소에서 지냈다. 숙소 주변은 허허벌판이었다. 운동하기 여의치 않은 환경에서 동료는 '홈트'를 시작했다. 홈트는 '홈'과 '트레이닝'을 결합한 신조어로 집에서 혼자 하는 운동을 말한다.

홈트라니! 나는 존경이 가득한 눈으로, 정해진 시각이면 흑마법사의 주술에 걸린 것처럼 홀린 듯 매트를 깔고 유튜브를 트는 동료를 바라보았다. 더 놀라운 것은 매트를 깔고 유튜브를 트는 데서 멈추지 않고 그 동작을 따라 허우적대는 기특하고도 갸륵한 팔다리였다. 나는 동료를 '언니'라고 부르기로 했다. 우리는 동갑이지만 멋있으니까. 멋있으면 언니니까. 동료는 꾸준한 홈 트레이닝으로 우리 중 가장 큰 효과를 봤다. 그냥 언니가 아니라 특급 언니, 언니의 T.O.P, 내 마음 속 '언니듀스 101'의 센터에 등극했다.

사람마다 체형과 체력이 다르듯, 성격이나 취향에 맞는 운동 방식도 다르다. 예를 들면 태권도 선수 출신으로 전국체전 출전 경험이 있는 나의 아버지는 평생 운동을 '스스로' 했다. 등산이나 조깅을 새벽마다 했고 108배 같은 것을 하기로 마음먹으면 꼬박꼬박 해냈다. 그런 아버지가 제일 이해할 수 없는 게 바로 '헬스클럽'이었다. "운동하는 데 와 돈을 쓰노?" 나는 그에게 자식된 도리로 세상 물정을 가르쳐줄 의무가 있었다. 창궐하는 헬스클럽, 12월 31일에는 텅 비고 1월 1일에는 북적거리는 그곳, 12개월 등록 파격 할인가의 비밀, 로커 룸 속에서 풍화되는 달리고 싶은 운동화… 어떤 인간은 절대 스스로 운동하지 않으며, 그런 인간은 생각보다 많다. 인정하기 싫겠지만 당신의 딸이 그 분야 으뜸이다. 세상의 부모들이여, 자신의 유전자를 받았지만 자식은 자신과 다른 완벽한 타인이라는 사실을 받아들이시라.

돈을 써야 하는 운동은 혼자 하는 자율형과, 강사와 일대일 혹은 여럿이 함께 하는 수업형으로 거칠게 나눌 수 있다. 혼자 하는 운동은 헬스나 자유 수영처럼 시간에 구애받지 않고 자신의 역량에 맞추기 쉽다는 장점이 있다. 그만큼 강제성이 없기 때문에 운동을 포기하기도 쉽다. 반면 수업형은 강사와의 '약속'을 지켜야 한다는 강제성과 한 번당 수업료로 게으름을 제압할 수 있다. 나는 여러 번의 시행착오 끝에, 운동에 한해서는 나의 자유를 박탈하기로 결심했다. 그나마 홈트는 영상이 재생되는 동안 영상 속 강사와 함께한다는 느낌이라도 있어서 운동장 달리기나 혼자 하는 스쾃보다 몰입도 면에서 좀 나았다. 그러나 몇 번 하다 보면 어느새 푹신한 매트에 누워서 야구 경기를 보듯 운동 영상을 '시청'하는 내 자신을 발견한다. 이럴 때마다 나의 가장 큰 적인 나랑 절대 헤어질 수 없다는 사실에 깊이 절망하는 것이다.

홈트의 원조에 「이소라 다이어트 비디오」가 있다. 1998년 출시된 「이소라 다이어트 비디오」는 전국적인 열풍을 불러일으켰다. 가정마다 VTR(비디오 플레이어)로 「이소라 다이어트 비디오」를 틀어놓고 따라 하는 광경 속에 초등학생이던 나도 있었다. 뭔지 모르지만 엄마랑 이모가 하길래 같이 했다. 이후

「조혜련의 태보 다이어트」, 「이영자의 점프 다이어트」, 「옥주현의 다이어트&요가」, 「현영 다이어트 비디오」 등이 출시되고 인기를 끌었다. 2017년 코스모폴리탄의 인터뷰에 따르면, 이소라는 1989년 신디 크로퍼드의 다이어트 비디오를 보고 '나도 나중에 저런 비디오를 만들어야지'라는 꿈을 키웠다고 한다. "그땐 홈 피트니스는 고사하고 여자들에게 운동에 대한 개념 자체가 없던 시대였죠. 근육 있는 여자보다 마르고 청순한 스타일의 여자가 각광받았으니까요."

인터뷰를 읽고 꽤 신선한 충격을 받았다. 1990년대 말의 한국. 헬스클럽 같은 운동 공간이 충분하지 않고, 선택할 수 있는 운동 종목이 다양하지 않고, 여자의 운동에 대한 정보가 전무하다시피 한 환경. 1990년대는 가까운 과거처럼 느껴지지만 벌써 20년 전이고, 여성의 행동이나 자유를 생각보다 많이 제약하던 시기다. 1998년, 호주제가 있었고, 여자의 초혼 연령은 26.1세였으며, 우리나라 최초의 '성희롱 소송 사건'이 6년간의 법적 공방 끝에 피해자의 승리로 끝난 해다. 지금은 선택지의 일부인 홈트가, 그때는 거의 유일한 수단이었을지도 모른다.

그 배경과 이소라의 의도를 알고 보니 「이소라 다이어트 비디오」는 단순한 다이어트를 넘어 여자 운동 경험의 물꼬를 튼 시초로 보아도 되겠다는 생각이 들었다. 홈트의 신 이소라 언니는 운동에 대해서 그런 말도 남겼다. 자기도 너무 하기 싫은데, 세수나 양치처럼 눈 뜨자마자 해야 하는 분량을 해치워버린다고. 오늘도 이렇게 머리로 외우는 '꿀팁'이 늘어간다.

유튜브 시대가 열리면서 홈트는 더 친숙해졌다. 홈트는 시간과 장소에 구애받지 않으며 비용도 절약할 수 있다. 특히 운동 공간에서 '정상 신체', '잘 관리된 신체'의 스펙터클이 난무하고 타인의 신체를 품평하는 문화가 뿌리 깊은 한국에서 홈트는 매력적인 선택지다. 성실만 준비하면, 양질의 정보들이 기다린다. 유명한 홈트 유튜버들은 어마어마한 구독자 수와 조회수를 자랑하고, 그 밑에는 '간증 댓글'들이 가득하다. '땅끄 부부', '다노TV', '제이제이 살롱드핏'… 홈트 영상은 구독자들의 필요에 따른 맞춤형 운동을, 직관적인 제목으로 제공한다. 구독자들은 손쉽게 자신에게 맞는 유튜버나 운동을 고를 수 있다. 근력 운동부터 유산소, 스트레칭이나 셀프 림프 마사지까지 종류도 다양하고 영상은 무궁무진하다. 인생 운동은 돌잡이 같은 것, 홈트를 인생 운동으로 잡은 분들에게 축하의 팡파르를 울려주고 싶다.

홈트 경력으로 계급을 나누면 누에고치 정도에 해당하는 나도 몇 번 따라 해본 '땅끄 부부' 시리즈를 몇 개 소개하면 다음과 같다. 「집에서 칼로리 소모 폭탄 걷기 운동(칼소폭)」, 「하루

15분! 전신 칼로리 불태우는 다이어트 운동」, 「허벅지 안쪽살 끝장내기」, 「허리 좋아지는 스트레칭 BEST 모음」… 중간중간 키워드로 삽입된 '층간소음 X', '누워서 OK', '딱 4분 OK' 같은 글귀는 '다시 오지 않는 초특가!'만큼이나 솔깃하다. 운동의 목적뿐 아니라 개별 상황까지 고려하고 범주화해놓은 홈트는 운동계의 DIY.

이 정도 차려놓은 밥상이라면, 본격적인 식사는 아니더라도 맛은 보는 게 현대인의 미덕이 아닐까? 홈트에도 지피지기가 필요하다. 운동 경력이 빈약한 나는 잘못 따라 하면 부상 위험도 있는 고강도 운동보다 스트레칭이나 마사지를 이용하는 편이다. 특히 현대인의 고질병인 거북목과 골반 비대칭 증상을 앓고 있다면 유튜브 홈트를 적극적으로 이용해보자. 필라테스 수업 전후로 스트레칭 영상을 보고 따라 하면 운동 효과가 배가 되는 것을 느낄 수 있다. 약을 먹을 만큼은 아닌데 소화가 잘 안 돼서 불편할 때는 림프 마사지가 큰 도움이 된다.

여담이지만 이 원고를 쓰면서 나는 한 프랜차이즈 카페에 앉아 있었다. 이어폰 사이로 자꾸 누군가의 구령 소리가 뚫고 들어왔다. 나는 1~2분에 한 번씩 두리번거리며 그 소음의 원인을 규탄하려고 했다. 그리고 알았다. 내 랩톱에서 나오는 소리였으며, 땅끄 부부가 시청자인 나를 열심히 격려하며 운동

중이라는 사실을. 층간소음 유산소 운동을 틀어서 유산소 운동을 하기는커녕 소음을 만들고 있었다. 정말이지, 나는 내가 미워죽겠다.

주인공이 천재적인 재능으로 환경의 제약을 극복하는 서사에, 지구인이라면 시대를 불문하고 심장이 뛴다. 당나라의 명필 구양순이 붓을 가리지 않고 글을 썼던 일화에서 유래한 '명필은 붓을 가리지 않는다(能書不擇筆)'의 한국 속담 버전으로는 '뛰어난 목수는 연장 탓을 하지 않는다'가 있다. 이는 종종 열악한 환경을 개선하기보다 개인의 '노오오력'을 강조하는 잘못된 방향으로 인용되었다. 그래서 최근에는 명필과 뛰어난 목수는 이미 좋은 붓과 훌륭한 연장을 갖추었으며, 그것도 실력의 한 부분이라는 반박이 설득력을 얻는다.

물론 어떤 명필은 진짜 붓을 가리지 않는다. 배추밭에서 연습한 스노보드 국가대표 이상호 선수는 '배추보이'라는 별명을 얻었고, 2018년 평창 동계 올림픽에 처음 출전한 나이지리아 봅슬레이 대표팀은 눈이 거의 내리지 않는 미국의 텍사스 지역에서 목재 썰매를 만들어 지상훈련을 했다. 그러나 나는 명필이 아니다. 좋은 붓이 있다면 더 빛을 발할 재능이 애초에 없으니, '장비빨'에 묻어가려는 얄팍한 허영이 대추나무에 걸린 사랑처럼 주렁주렁하다.

헬스클럽에 등록하면 헬스용 운동화를 산다. 복싱에 등록했을 때는 개인 글러브도 샀다. 글러브를 끼기 전 손에 감는 스트랩은 매일 빨아야 하니까 당연히 구입해야 하지만, 글러브는 선택 사항이었다. 체육관에서 글러브를 대여해줬기 때문이다. 그중에는 나처럼 복싱의 간만 보고 튀는 바람에 덩그러니 남은 주인 없는 글러브나, 같이 다니는 친구의 것이라 빌리기에 비교적 부담이 없는 글러브도 있었다. 하지만 나는 샀다. 매직으로 큼직하게 내 이름을 써넣자 복싱에 대한 사랑이 마구 솟구쳤다. 마이 글러브♡

사랑의 유효기간은 2년이라고 한다. 하지만 복싱과 나의 사랑은 불같았기에 더 빨리 끝났다. 나 다음으로 복싱을 시작한 친구에게 글러브를 무상 양도했다. 그 친구도 얼마 못 가 그만두었으니 지금쯤 그 글러브는 체육관 한구석에서 다른 글러브들과 함께 풍화되거나, 누군지 모를 사람의 손아귀에서 파이터의 꿈을 키우고 있겠지. 섣불리 장비를 사들이면 후회와 짐만 남는다는 사실을 깨닫고 나는 알뜰살뜰하고 현명한 소비자가 되었을까? 아니요. 그 이후로도 나는 새로운 운동을 시작할 때마다 장비를 마련했다. 고개를 돌리면 요가 매트와 폼롤러, 세라밴드, 보수볼, 요가 링, 필라테스 링, 필라테스 양말과 운동복이 보인다. 1인 가구로서 미니멀 라이프를 지향한다고 떠들었던 입을 살짝 가리게 되는 현황이다.

취미 생활에 필요 이상으로 장비를 구매하려는 심리를 빗댄 '장비병'이라는 신조어가 있다. 나는 아무 데나 '병'을 붙이는 풍조에 동의하지 않기 때문에, '장비 욕심' 혹은 '장비 사랑' 정도로 표현하련다. 2012년 경희대학교에서 주관한 '제15회 세계 외국인 한국어 말하기 대회'에서 대상을 수상한 유학생 야덥 부펜들 씨는 한국인의 장비 사랑을 지적하며 "히말라야 가는 사람들조차 저런 비싼 등산복을 잘 입지 않는데, 천 미터도 안 되는 산에 올라가면서 저렇게 값비싼 등산복을 입네. 게다가 막걸리까지 마시고 내려오네?"라는 일침으로 인기를 끌었다. 부펜들 씨가 뭘 알아, 원래 등산은 멋과 맛이야!

장비 욕심은 보는 사람에 따라, 장비를 사들이는 정도에 따라 비판받기도 한다. 특히 여성이 고가의 장비를 쓰거나, 화려한 운동복을 입는 것에 따가운 시선이 존재한다. 여기에는 (운동 능력도 뛰어나지 않은) 여성이 과분한 장비를 쓴다는 아니꼬움이나, '인스타 업로드용 사진'이나 찍으러 온다는 무시가 깔려 있다. 나는 초등학생 때 배드민턴을 오래 배웠는데, 처음부터 선수용 라켓을 가지고 다녔다. 내 라켓을 쥐어본 어른들이 헛웃음을 쳤다. 니가 뭐 이런 걸 쓰냐는 반응이었다. 타인의 운동 능력과 소비를 멋대로 재단하고 평가하는 것도 저열한 태도지만, 설령 미숙하면 뭐 어떻단 말인가? 나는 그 가볍고 우수한 장비로 또래들보다 멀리 셔틀콕을 보낼 수 있었고 배드민턴의 재미에 푹 빠졌다. 미숙할수록 좋은 장비가 도움이 되기도 한다. 내 장비를 비웃는 자, 장판교 앞의 장비처럼 모가지를 날려버려.

장비는 운동에 쓰는 도구인 동시에 마음가짐을 가다듬고 동기를 부여하는 펌프다. 운동이 질릴 때 새로운 운동복을 사서 기분전환을 하거나, '지금부터 이 운동을 한다'라는 스위치를 켜는 의미가 있다. 주짓수를 시작하면서 비장하게 구입하여 이름을 수놓은 도복, 더 무거운 무게를 안정적으로 치려고 찾은 헬스 장갑, 요가 수업이 기다려지는 새 요가복, 남다른 그립감으로 설렘을 선사하는 고급 라켓, 숨이 턱까지 차올랐을 때 한 번 더 박차고 나갈 힘을 주는 러닝화, 처음에는 멋있어 보여서 샀는데 큰 의지가 되는 필라테스 양말….

장비를 사고 갈아치우면서 내 운동의 역사를 짚어볼 수도 있다. 격투기에서 승급이 이루어질 때마다 새로 받는 띠, 나와 함께 부지런히 물속에서 노닌 결과로 삭으면 교체하는 수영복, 새로 가는 라켓의 줄, 운동을 하면서 변한 체형 때문에 새로 사는 운동복 등이 소소하지만 뿌듯하게 따른다.

좋은 붓이 가까이 있으면 없을 때보다 뭐라도 쓰게 된다. 필라테스 소도구를 사고부터, 자기 전에 흘려보내는 시간을 간단한 스트레칭이나 배운 것을 복습하는 데 쓰기 시작했다. 수업에 가기 전이나 다녀와서 몸을 푸는 데도 유용하다. 장비가 있다고 100% 활용하지는 않지만, 없을 때보다 10~20%라도 활용한다면 역시 안 하는 것보다 낫다. 잘못하는 동작이거나 건강에 이상이 있는 경우가 아니라면, 안 하느니만 못한 운동은 없다고 생각한다. 그렇게 오늘도 장비 최저가가 검색창을 스치운다.

## # 운태기?
## 극복하지 마세요

전자레인지에 즉석밥을 데울 때는 2분을 돌려야 갓 지은 듯 뜨겁고 촉촉한 밥을 먹을 수 있다. 중요한 것은 돌리는 시간과 간격이다. 1분씩 끊어도, 식기 전에 다시 돌려야 앞의 열기를 이어받아 밥이 따끈따끈해진다. 반면 나의 운동 역사는 찔끔찔끔, 그것도 띄엄띄엄 돌린 2분처럼 흩어져 있다. 필라테스를 예로 들면, 한 센터에서 3개월 하다가 6개월 쉬고 또 1개월 등록했다가 그만두고 몇 년 쉬기를 반복하는 바람에 기계적 합산으로는 2년이어도 실력은 2개월 차처럼 풋풋, 아니 하찮다. 그러니 내 몸은 데우다 말기를 반복하다 굳어버린 즉석밥처럼 근력과 체력 면에서 애매할 수밖에. "회원님 버티세요!"라는 소리에 일빠로 무너지진 않지만 세 번째쯤 괴성을 지르며 낙오할 수밖에.

꾸준함은 어렵고 드물고 귀하다. 큰맘 먹고 시작한 운동의 맥을 끊는 이유는 도처에 널렸다. 돈 때문에, 바빠서, 아파서, 해보니 별로여서, 강사랑 안 맞아서 등등. 이 모든 어려움을 뚫고 인생 운동을 찾아도, 운동은 누적이 중요하다는 것을 알아도 운동 공백기는 생긴다. 바로 '운태기', 운동 권태기 때문이다.

모든 일에는 권태기가 있다. 보통 연인이나 부부만 겪는다고 생각하지만, 친구 사이는 물론 에너지가 투입되는 활동에는 롤러 코스터 같은 오르락내리락과 평행선이 존재한다. 직장인 3년차에 겪는다는 '직장인 사춘기', 연차가 쌓인 아이돌이 가수 활동에 회의감을 느낀다는 '돌춘기(아이돌+사춘기)' 등등. 익숙함과 함께 찾아오는 정체 구간은 언뜻 아무 일도 일어나지 않아 평화로워 보인다. 그러나 인간이란 참 간사해서 상승과 하락 곡선보다 지루함을 더 못 견디는 법이다. 처음 시작한 운동이 조금 익숙해지고, 헤매는 신입 회원을 보며 자신의 올챙이 시절을 생각할 여유가 생기면 자기가 개구리인 줄 안다. 뒷다리 두 개 겨우 나온 올챙이 주제에. 슬슬 뻗대기 시작한다.

어디서 봤는데 운동을 매일 해도 안 좋대… 갑자기 오늘 청소를 꼭 해야 할 것 같은데… 오늘만 쉴까? 그저께도 쉬었지만 뭐 어때 운동은 모레의 내가 하겠지… 시름시름. 몸은 처지고 의욕은 바닥을 긴다. 하루이틀 빠지던 것이 1주일, 2주일이 되고 어느 날 문자 한 통을 받게 된다. 사물함 기한이 만료되었으니 운동화 찾아가라거나 "회원님 왜 요새 안 오세요! ^0^"라는 내용의, 사실 다 알면서 이별을 부정하는 연인처럼 구는 선생님의 연락이다. 그렇게 나는 많은 운동의 간만 보며 운동계의 대장금이 되었고, 무엇 하나 내세울 만한 수준으로 익히지 못했다. 그런데 인간은 워낙 타인의 일부밖에 못 보는 존재라, 나를 꾸준한 운동 인구로 착각한 어린 양들이 가끔 묻는다.

"운태기 어떻게 극복하세요?"

"?"

왜 극복해야 하죠? 전국체전에 나갈 것도 아닌데? 나는 그냥 하지 말라고 대답한다. 석연찮은 대답이라 질문은 이어진다.

"그럼 계속 안 해요?"

"네. 안 하고는 못 견디는 순간이 오면 그때 다시 해요."

조금만 하면 금방 권태기가 찾아오는 운동과 달리 아무리 해도 절대 질리지 않는 누워 있기, 빈둥거리기, 휴대폰 만지기를 하면 시간이 금방 간다. 슬슬 밀린 구몬처럼, 운동을 쉰 티가 쌓이기 시작한다. 마지못해 운동을 다시 시작하면 내 몸은 꼬박꼬박 운동 공백기의 빚을 받으러 왔다. 징그러울 만치 솔직하고 정확한 셈이었다. 전에는 곧잘 하던 동작이 안 되고, 몸이 무겁고, 근육통이 오래가는 경험을 반복하다 보면 운동에 복귀하는 간격이 점점 짧아진다. 운태기를 운동 단절이 아닌 휴지기나 일시적 정체기로 이어붙이게 된다.

주 몇 회 이상, 몇 분 이상, 어떤 강도로 하지 않으면 운동 효과가 없다는 기사나 풍문이 사방에 떠돈다. 여기서 쉬면 말짱 도루묵이 될 것 같다, 이 정도 해서는 별로 운동 효과도 없는데 그냥 다 그만두고 싶다, 하는 생각에 마음이 복잡하다. 그런데 잊지 말아야 할 것은, 효과가 있을 만큼 운동을 하려면 거기에도 어느 정도 숙련이 필요하다는 사실이다. 대부분의 사람들이 필요 운동량을 채우기도 전에 나가떨어진다. 꾸준히 운동을 하는 습관이나, 최소 강도를 견디는 근육 및 폐활량은 거저 얻어지지 않기 때문이다. 내가 지금 하는 운동이 아무 도움이 되지 않는다는 생각이 들면, 도움닫기를 상상해보자. 아무리 지루해도 도움닫기를 해야 뛸 수 있다. 권태와 가치는 별개니, 내 감정이 지겹다고 다 무의미하다고 생각하지는 말자.

질린다 싶으면 바꾸고, 그래도 영 재미를 못 찾으면 다양한 시도를 해도 좋다. 친구와 함께 등록하기, 운동 목표를 정해놓고 내기하기, 내가 좋아하는 연예인이 하는 운동 따라 해보기, 새로운 운동복이나 장비 사보기. 이도 저도 아니면 그냥 쉰다. 박막례 할머니가 말했다. 인생 안 끝났으니 희망은 버리지 말고 버렸으면 주우라고. 어차피 평생 해야 하는 운동, 하기 싫으면 팽개쳤다가 마음이 돌아서면 하면 된다. 김연아 선수조차 슬럼프는 이겨내려고 노력한다고 되는 게 아니니까 '언젠가는 지나가겠지' 하고 내버려둔다는데, 우리가 뭐라고 운태기를 극복한단 말인가. 김연아 선수는 그런 와중에도 훈련에 매달렸지만, 이 책을 읽는 대부분의 사람은 동계 올림픽에 나가기에는 늦지 않았을까요? 그러니 이 정도는 쉬어도 OK입니다.

“이 자세를 잘못하면 앞벅지가 굵어져요. 주의하세요.”

엉덩이 근육을 단련하느라 땀을 뻘뻘 흘릴 때 문득 머리 위로 물음표가 떠올랐다. 앞벅지가 굵어지면 안 되나? 엉덩이 근육 운동인데 잘못 따라 해서 허벅지에 힘이 들어간다면, 코코아를 눌렀는데 커피가 나온 격이긴 하지만 커피가 나쁜 건 아니잖아? 어차피 근육 늘려보겠다고 하는 동작인데? 왜 올바른 엉덩이 운동을 가르치면서 앞 허벅지가 굵어지면 ‘안 된다’고 할까? 앞벅지가 굵어지면 안 되는 이유는? 앞벅지가 굵어질 거라는 공포는 어떻게 바른 자세를 취하려는 동기로 작용할까?

답은 간단하다. 오랫동안 집요하게 '말벅지'라고 조롱당한 걸그룹 멤버, 스키니진을 입었을 때 툭 튀어나온 허벅지가 얼마나 꼴불견인지 묘사하는 데 쓸데없는 필력을 발휘하는 패션지, 터무니없이 작은 기성복 사이즈, 이상적인 비율에 맞추지 않으면 당장 떨어지는 '상체 비만' 또는 '하체 비만'의 진단… 그 틈바구니에서 앞 허벅지가 굵어지든 말든, 전체 근육량이 늘어나면 좋다고 생각하는 강철 멘털이 되기란 너무 힘들다. 그래도, 그럼에도, 그렇기 때문에. 의식적으로 생각의 흐름을 끊고 방향을 틀고 뒤집어보려고 끙끙거린다. 잘못하면 앞벅지가 굵어진다는 말에 겁을 먹기보다, 앞벅지라도 근육이 붙으면 다행이라고 호들갑을 떨려고 한다.

운동을 '지방을 태우는 것'으로만 이해할 때 나는 작은 원통으로 세상을 보는 아이 같았다. 운동의 다양하고 복잡한 의미와 기능을 느릿느릿 깨달아가는 지금은, 여전히 부족하지만, 무심했던 부분을 의식적으로 더 많이 보고 생각하려고 한다. 그러면서 운동, 도수치료에서 함께할 선생님이나 물리치료사를 선택하는 기준이 달라졌다. 지금 나의 몸을 어서 벗어나고 바꾸어야 할 수치스러운 '나쁜 몸매'로 해석하거나, 동작을 가르칠 때 미용 목적만 강조하거나, 나의 몸을 성적 대상의 맥락—남자친구가 싫어한다, 남편이 좋아한다—에서만 접근한다면 신뢰가 떨어진다. 가르치는 자의 태도는 내가 배우고 받을 운동과 치료의 방향을 결정한다. 그런 발언과 태도가 동기부여라고 생각하는 사람이라면, 나와 목적이나 가치관 면에서 극명한 차이가 있기에 좋은 파트너가 될 수 없다. 온 세상이 '몸매 관리'가 여성 운동의 핵심인 양 외치더라도, 그리하여 회원 유치가 중요한 직업 특성상 미용 효과 언급이 불가피하더라도, 주객전도는 곤란하다. 그런 목적으로 몸을 이해하고 가꾸는 사람이 많다는 사실은, 모두가 그래야 한다는 당위가 될 수 없다.

대학에 다닐 때 솔로 여성 가수가 채플에 왔다. 섹시 콘셉트와 탄탄한 몸매로 큰 인기를 끌었던 터라, 재학생인 사회자는 운동이나 몸매 관리 팁을 물었다. 그리고 "이화 동산이 S라인으로 뒤덮이는 그날까지!"라는 멘트를 쳤다. 화기애애한 분위기였고 다들 웃었던 것 같다. 다음 날 학생문화관에 대문짝만한 대자보가 붙었다. 왜 우리가 S라인이 되어야 하느냐, 그것은 신체의 자유를 빼앗는 말이다, 라는 내용이었다. 그때 나는 어땠냐면, 그 문제 제기가 '너무 예민'하고 과도하다고 생각했다. 적당히 초대 가수를 띄워주며 나올 수 있는 칭찬이자 사회적 너스레 정도로 여겼다.

10년 전의 일이다. 이제 나는 또렷하게 안다. 모두가 도달해야 하는 이상적 지향점으로 'S라인'을 제시하고, 수천 명의 어린 여성이 선망하는 사람에게 많고 많은 질문 중 외모 관리 비결을 묻는 것이 왜 문제인지. 혼자서 무대를 채워야 하는 솔로 가수의 특성, 그리고 격렬한 춤을 추면서도 안정적인 라이브가 가능했던 그 가수의 실력을 체력과 연관해서 질문했다면 어땠을까? 교정이 S라인으로 뒤덮이는 날보다, 언덕이 많고 건물 간 거리가 멀어도 생명의 위협을 느끼지 않고 다음 수업에 도착하는 씩씩한 캠퍼스 라이프를 외쳤다면? 똑같은 운동 주제라도 이야기와 효과는 완전히 달랐을 것이다.

건강한 척추는 전체적으로 S자 모양이라고 한다. 정면에서는 반듯하고, 옆에서 보면 C형 구조의 목, 등과 허리의 모양을 따라 S자 곡선을 그린다는 것이다. 이것도 일반화할 수는 없다. 척추측만증의 원인은 대부분 선천적이다. 허리 디스크를 어릴 때 겪은 나는 열심히 운동하고 재활치료를 받아도 소위 '정상적인' S 모양 척추를 가질 수 없을지도 모른다. 그래도 굳이 S 하나를 추구하면서 운동한다면, 역시 S라인보다 S 모양 척추다. 나는 이제 그러기로 마음 먹었고, 그렇다면 더 이상 예전으로 돌아가지 않을 것이다.

내 몸을 과도하게 혹사하고, 거울 앞에서 어떻게든 S라인을 만들어보려고 애를 쓰고, 어디가 아픈지보다 어디가 S라인을

망치는 군살인지 전전긍긍하는 하루하루에서 내 몸은 나의 적이고 나는 그를 정복해야 하는 적군이었다. 약한 발이 고통을 호소해도 유산소를 30분 이상 해야 된다며 뛰고 또 뛰었다. 전투와 패배와 좌절의 나날 속에서 나는 자주 지쳐 나가떨어졌다. 만약 운동하는 곳에서 아름다움만을 자신을 사랑하는 방법이자 운동의 유일한 목적인 양 외친다면, 침착하게 도망치자. 분명 더 좋은 곳을 찾을 수 있다.

이제 정상성의 기준에서 '기능 향상'에 과도하게 집착하는 것도, 왜곡된 미의 기준에 구겨넣는 것도 싫다. 몸은 예쁘거나 누구에게 잘 보이려고 있는 게 아니며, 시대와 사회문화적 요건에 따라 바뀌는 정상성에 맞춰 태어나지 않는다. 내 몸은 그저 내가 어느 날 갑자기 이 세상에 불시착했듯 우연히 나와 함께하게 되었고, 환불이나 교환 없이 발맞춰야 하는 공동체다. 나와 내 몸은 공존과 돌봄과 협동 속에서 다정하게 팔짱을 낄 것이다.

## # 고독한 폴댄서

히린리는 9년 전 교환학생을 갔다가 만난 한 살 어린 친구다. 8년 동안 독일식 발음으로 이름을 불렀는데 2~3년 전부터 폴댄스에 빠지면서 '고독한 폴댄서'가 별명에 추가되었다. 고독하다기에는 주말마다 야구장 가고 클럽 가는 '핵인싸' 폴댄서지만, 대충 콘셉트라고 생각하고 있다.

폴댄스를 얼마나 했냐고 묻자 히린이 머뭇거리며 "너무 띄엄띄엄 해서 정확히는…" 하고 말끝을 흐렸다. 나처럼 변덕이 죽 끓는, 간헐적 운동 인구였다. 9년의 우정을 뛰어넘는 또 다른 형태의 친밀감이 밀려왔다. 야 너두? 야 나두!

히린이 폴댄스를 시작한 계기도 비슷했다. 운동은 해야겠고, 헬스는 재미없고. 처음에는 방송 댄스를 배우려고 상담을 받으러 간 히린은 수업 참관에서 좌절했다. 독일 시골 마을의 클럽 정도는 간단히 휘어잡았던 히린에게도 케이팝의 성지 한국은 정신이 번쩍 드는 빨간맛이었다. 초보반인데도 휘몰아치는 골반과 리듬감에 주눅 든 히린은 그대로 달아났다. 이왕 운동을 하면 춤을 배우고 싶은데, 몸치라서 딱히 이거다 싶은 게 없었다. 우연히 다니던 영어 학원 아래층에 폴댄스 학원이 생겼을 때 히린은 귓가에 울리는 운명 교향곡을 들었다. 보통 폴댄스는 운동복이 부담스럽다거나, 근육이 좀 있어야 하는 거 아니냐는 두려움이 진입장벽이라는데 히린의 경우는 아무 생각이 없어서 시작이 아주 평범하고 달콤했다.

처음 히린의 인스타그램에서 폴댄스 영상을 봤을 때 나는 저 사람이 누군가 싶어 눈을 가늘게 떴다. 2013년에 걸그룹 애프터스쿨이 폴댄스로 꾸린 무대를 열심히 봤기에 운동 자체가 낯설지는 않았다. 연예인이 아닌 일반인도 취미로 많이 한다는 이야기도 좀 들었다. 하지만 역시 시상식 트로피처럼 빙글빙글 도는 친구를 보는 기분은 신선했다. 들어는 봤나, 회오리 감자 아니 회오리 친구.

폴댄스 재밌어? 한창 빠져 있는데 그런 질문을 하는 바람에 폴댄스 전도회가 열렸다. 히린은 포즈, 동작, 기술을 하나씩 배울 때마다 성취감이 어마어마하다고 했다. 모든 운동이 그렇겠지만 어떤 운동에서 성취감을 느끼는지가 개인차이고, 그 한 끗이 인생 운동을 결정짓는다. 폴댄스는 할 때마다 사진이나 동영상을 찍어, 유연성이나 근력의 발달 정도를 직관적으로 확인할 수 있다. 그만큼 운동을 쉬거나 근력이 떨어지면 티가 확 난다. 야구 만화에서 겁쟁이 투수는 마운드에는 숨을 곳이 없다고 스스로를 다잡는다. 마운드에만 없냐? 폴 위에도 숨을 곳이 없다. 예전에는 멋지게 성공했던 동작이라도 안 되면 모두 앞에서 결과가 적나라하게 노출된다. 나는 참기름 바른 나무에 올라가려는 떡 하나 주면 안 잡아먹지 호랑이처럼 하염없이 미끄러질 것 같은 예감이 들어 히린의 전도를 한 귀로 듣고 한 귀로 흘렸다. 슬픈 예감은 빗나가지 않는 법이니까.

얼마 후 히린은 폴댄스 강사를 하겠다는 포부를 밝혔다. 우리는 이미 30대였는데, 새로운 장래희망이냐고 물었더니 노후대책이라고 대답했다. 대충 네 글자니까 섞어서 쓰고 있다. 처음에는 솔직히 농담인 줄 알았다. 그러나 히린은 아주 진지했고 눈이 반짝거렸다. 취미로 시작한 운동을 제2의 직업으로 삼는다니, 나는 한 번도 해본 적 없는 발상이었다. 전혀 다른 일을 하던 사람이 몸 쓰는 일을 업으로 삼겠다고 생각하려면 운동에 얼마나 매혹되어야 하는지. 조금 질투도 나고, 부럽기도 하고, 의심스럽기도 했다.

그로부터 3년, 히린과 함께 시작했던 언니는 아마추어 대회에도 나가고 투잡으로 보조강사를 한다. 운동을 퐁당퐁당 나간 히린은 아직 그 경지에는 이르지 못했다. 자책하다가도 "나도 조금만 더 하면…", 헛된 꿈이 아니라는 생각에 의욕이 솟아오른다고 했다. 나중에 히린이 폴댄스 학원을 열면 이 책을 들고 가서 할인해달라고 우기세요.

폴댄스도 권태기가 있다. 일명 '폴태기'가 오면 다 귀찮고, 하기 싫어진다. 히린은 특히 폴댄스를 스트립쇼처럼 생각하거나 운동 영상을 성적으로 소비하는 시선에 진절머리를 냈다. 섬세하고 복잡한 기술과 근력, 유연성을 필요로 하는 운동인데 눈요깃거리로 취급하면 그렇게 화가 난다고 했다. 폴댄스를 할 때마다 기록용으로 찍는 사진이 예쁘게 나오면 기분이 좋고 '인생컷'을 건지기도 하지만, 그렇다고 관음이 허용된다는 뜻은 아니다.

폴댄스를 하면 '나의 아름다운 모습'을 많이 보기 때문에 자존감이 올라간다는 말을 히린에게 들었을 때는 사실 긴가민가했다. 많은 여성이 거울을 신경 쓰느라 운동에 집중하지 못하고, 본인을 대상화하는 시선을 내면화하기 때문이다. 무언가가 예쁘다는 감각은 사회문화적으로 주입되는 것이고, 우리는 여자에겐 아름다움이 가장 중요하다고 고래고래 소리치는 세상을 살기에 아름다워지려는 욕망은 다른 소중한 것을 밟아 뭉갠다. 반대로 예뻐 보이지 않으면 다 무의미하다는 착각에 빠지기 쉽다.

하지만 예쁜 모습을 연출하려는 운동이라고 마냥 매도할 수는 없다. 폴댄스에서 쓰는 근육이나 폴댄스의 운동 강도는 굉장히 본격적이다. 한 걸그룹 멤버는 폴댄스를 통해 통증 완화나 자세 교정의 효과를 누렸다. 정확하고 바른 자세가 이끌어내는 아름다움은 효과적인 운동 동기다. 또, 회원들이 인생컷을 운동의 최우선 목표로 삼을 수도 있다. 그러나 심미적 목적을 충족하려면 결국 엄청난 운동량과 근력이 뒷받침되어야 한다. 물고 물리는 폴댄스의 매력, 중요한 것은 일방적으로 성적 대상화하는 시선이나 나 같은 문외한의 평가가 아니다. 그 안에서 땀 흘리고 빙글빙글 돌고 오르락내리락하는 폴댄서들이 안전하고 건강하게 운동할 권리다.

# 운동을 하면 좋은 것을 먹고 싶어진다

‘프린세스 메이커’는 1990년대를 풍미한 일본의 육성 시뮬레이션 게임 시리즈다. 게이머가 ‘아버지’가 되어 요정 세계에서 갓 내려온 열 살짜리 딸을 성인이 될 때까지 키운다. 지금 생각하면 이 게임의 이상하고 징그러운 점은 한두 가지가 아닌데, 특히 딸의 ‘식비’ 부분에 대해서 할 말이 많다. 게이머는 딸의 스케줄을 짤 때 식비를 책정한다. ‘프린세스 메이커 2’ 기준으로, 선택지는 ‘튼튼한 아이로’, ‘무리하지 않는다’, ‘얌전한 아이(품위 있는 아이)로’, ‘다이어트 시킨다’로 나뉜다. 선택지에 따라 지출 금액에 차이가 있고 각기 딸에게 다른 영향을 미친다. 튼튼한 아이로 키우면 매달 80G가 지출되고 체중이 많이 늘어난다. 그다음부터 30G, 10G, 5G로 줄어든다. 열 살짜리를 두고 '다이어트 시킨다'라는 선택지가 있는 것부터 문제지만, '얌전한 아이로' 역시 수상하다. 적게 먹이면 얌전한 아이로 자란다? 성장을 지연시켜 키와 체중을 줄이거나, 기운이 없는 것을 얌전하고 품위 있다고 표현한 듯하다.

처음 프린세스 메이커를 할 때 나는 초등학교 5~6학년 정도였다. 만으로 나이를 세는 일본 게임이었으니 딸 캐릭터는 나와 동갑이었을 것이다. 내가 처음 키운 딸은 작가가 되었다. 게임의 이름은 프린세스 메이커지만, 나를 포함한 대부분의 친구들이 공주 엔딩에는 관심이 없고 직업 탐방에 열을 올렸다. 딸 캐릭터는 곧 우리 자신의 아바타였기 때문이다.

그런데 식비를 설정할 때면 내가 쓰는 휠은 항상 '무리하지 않는다'와 '다이어트 시킨다' 사이를 오르내렸다. 호기심에 '튼튼한 아이로'를 눌렀을 때 큐브는 체력이 향상된다는 부연 설명을 했다. 딸은 무럭무럭 컸고 체중이 늘었다. 그러면 화면 속 딸의 뺨이 통통하게 부풀었다. 집사인 큐브가 딸이 살이 쪘으니 다이어트를 시킬 거냐고 물어보기도 했다. 바캉스를 여름에 가면 살이 빠지고 가을에 가면 맛있는 것을 많이 먹어서 살이 쪘다. 딸의 바캉스 앨범에는 여름 사진만 가득 찼다. 잘 먹어야 한다는 상식보다, 딸의 성장과 체력보다 체중에 집착한 결과였다. 나는 살찌더라도 그 애만은 살찌면 안 된다는 감정은 참 잔인하다. 지금이라면? 묻지도 따지지도 않고 '튼튼한 아이로'를 선택하고, 가을과 겨울에 바캉스를 보내서 잔뜩 먹이겠지.

운동의 기능과 체력 향상에 집중하게 되면서 음식에 대한 감각도 달라졌다. 영양소와 질의 차원에서 접근하자 먹어야 할 것과 굳이 먹지 않아도 되는 것, 절대 먹지 말아야 할 것의 구별이 뚜렷해졌다. 더 이상 예전처럼 SNS 광고에 혹해 냉동식품을 사거나, 푸드 포르노를 연상케 하는 치즈 폭포쇼 같은 영상을 보고 군침을 삼키지 않는다. 칼로리보다 첨가물이나 성분이 고려 대상이다. "지금 먹는 것이 6개월 후 내가 된다"라는 가르침에 따라(지금의 나는 6개월 전 내가 먹은 것들의 총합이다) 탄수화물과 단백질과 지방의 비율도 생각한다. 성격상 꼼꼼히 따지지는 못하고 대충 가늠한 후 후다닥 입에 넣어버리지만.

아침에 아쿠아로빅을 하면 공복에 물에서 논 여파로 무척 허기가 진다. 그럴 때 몸속은 무엇이든 그대로 받아들일 준비가 된 흰 도화지 혹은 진공청소기 같다. 운동하고 많이 먹으면 건강한 돼지가 된다지만, 운동 직후가 제일 음식이 입에 쫙쫙 붙고 소화도 잘된다. 까짓것 좀 찌지 뭐. 내가 좋아하는 김하나, 황선우 작가가 멋진 말을 했다. 여자는 '풍채'가 좀 있어야 된다고. 고칼로리 음식을 두려워할 필요는 없지만 호떡이나 감자튀김처럼 영양소 없이 배만 부른 음식은 피하려고 한다.

필라테스를 가는 저녁에는 가볍게 먹는다. 배불리 먹으면 운동할 때 너무 힘들다. 재수 없으면 몸이 이리저리 접히는 와중에 먹었던 것을 다시 확인할지도 모른다는 불안감에 휩싸이기에…. 끝나고 나면 아몬드 브리즈나 두유를 마신다. 강도 높은 근력 운동은 안 하기 때문에 단백질 셰이크까지는 챙기지 않지만, 가끔 '아 오늘 허벅지 터졌다' 싶은 날이 있다. 그럴 때에는 한 잔씩 타 먹고 자려고 작은 통을 하나 사놨다.

하루에 먹는 총량 자체는 예전보다 줄었다. 섭취 칼로리는 비슷할 것이다. 그만큼 한 끼 한 끼에 집중한다. 햇반에 참치 통조림 하나 따서 먹던 세 끼, 다이어트 목적으로 사들이던 곤약 젤리나 해초국수보다 챙겨 먹는 한두 끼의 밀도가 훨씬 높다. 상황이 여의치 않을 때 편의점 음식이나 인스턴트로 떼우기보다, 물만 마시면서 견딘다. 양질의 음식이 마련되었을 때 충분히 먹는 편이 훨씬 컨디션이 좋았다(간헐적 단식의 일종인데, 몰아 먹기나 폭식이 되지 않도록 주의). 도저히 시도할 엄두는 못 내지만, 고지방 저탄수 다이어트 열풍으로 지방에 관한 정보가 늘어나서 식단 짜기도 쉬워졌다. 밥맛이 없는 무더운

여름에는 올리브 오일이나 코코넛 오일이 큰 위안이 되었다. 예전 같으면 액상과당 범벅인 주스나 초코우유로 연명했을 것이다.

탄수화물 중독이라 과자, 아이스크림, 케이크를 달고 살았는데 거짓말처럼 끊었다. 이런 음식이 인슐린 분비만 촉진시키고 아무 영양분이 없다는 것을 깨달았기 때문이다. 생리 전이나 스트레스를 받을 때만 가끔 먹는다. 오랜만에 먹으면 몸이 좀 무겁고, 점점 더 달고 짠 것을 갈구하기 때문에 역시 안 먹는 편이 좋다고 실감한다. 물론 아직 단 것을 좋아하는 사람은 이런 글을 읽어도 아무 소용 없다. 내가 그랬으니까. 양쪽 집안 모두 당뇨 유전자를 보유해서, 당뇨로 할아버지를 잃은 할머니의 꾸중에도 숨어서 과자를 먹던 사람이 나다. 입가에 과자 가루가 묻은 채 문 뒤에 쭈그려 앉아 있던 20대 후반의 나를 10대 후반의 내가 봤다면 오열했겠지? 마흔 살까지만 먹겠다고 생각했는데, 체력과 건강을 우선순위로 올리면서 그 시기가 좀 앞당겨졌다. 당장 입맛을 못 바꾸더라도 너무 좌절할 필요는 없다. 대신 더 좋은 것의 섭취량을 늘려보자.

과자와 밀가루를 줄이면서 붓기가 많이 빠지고 피부 트러블도 좀 가라앉았다. 억지로 참는 게 아니다 보니, 인터넷에 떠도는 농담처럼 '밀가루 안 먹으니까 피부 좋아지고 소화도 잘 되

고 잠도 잘 오고 숨쉴 때마다 죽고 싶'지도 않다.

한창 복싱을 배울 때, 내 얼굴은 여드름과 피지 때문에 하루도 조용할 날이 없는 엄청난 지성피부였다. 그런데 복싱을 시작하고 한 달 치 흘릴 땀을 하루에 다 쏟아내는 생활이 며칠 이어지자 얼굴의 기름기와 피지가 싹 사라졌다. 운동을 하면 몸의 노폐물이 빠져나간다는 정보의 가장 확실한 시청각 자료였다. 아, 디톡스 따로 할 필요 없다 이거예요~! 신나게 땀을 흘리고 난 뒤 내 몸은 묵은 때를 싹 씻어낸 후의 욕실, 모델링 팩을 해서 피지가 쏙 빠진 피부 같다. 거기에 코팅제나 수분크림을 찹찹 바르면 효과는 훨씬 빠르고 드라마틱할 것이다. 그런 생각을 하면, 기껏 운동으로 뜨끈하고 말랑하게 데쳐낸(?) 몸에 가급적 좋은 것을 먹이고 싶어진다.

지금은 끊어서 인생의 승리자로 불리지만, 한때 열심히 야구를 보러 다녔다. '야구 보는 여자'로 산다는 것도 여러 가지로 고단한 일이지만 그중 잡지에서 읽은 글 하나가 기억에 남는다. 여성지였고, 야구장에 가는 여성에게 '꿀팁'을 전수한다길래 반갑게 펼쳤다. 야구장에서도 무너지지 않는 화장법, 땀 냄새 대신 향수를 살짝 뿌리라는 조언, 혹시 모를 '썸'이나 카메라 출연에 대비하기…. 덥고 습하고, 무엇보다 격렬한 분노에 사로잡히기 쉬운 야구장에서조차 예뻐야 하다니? 쉬는 시간 틈틈이 화장을 고치고 향수를 뿌리고 머리를 매만지라니? 그 글을 쓴 사람은 야구를 한 번도 안 봤을 확률이 높았다. 백만 원 주고 한 머리도 쥐어뜯게 만드는 것이 KBO인데….

수영장에서 화장한 얼굴을 마주쳤을 때 그 기괴한 기분이 되살아났다. 수영장은 나에게 독이 든 성배 같다. 수영장 물에 대한 불신은 여러 사람이 전신을 담근 물을 공유한다는 데서 기인한다. 그래서 수영복을 입기 전, 물에 들어가기 전 깨끗하게 씻는 과정이 너무나 중요하다. 집에서부터 수영복을 입고 오거나 비누칠 없이 수영복을 입는 사람을 보면, 「스카이 캐슬」의 가장 어이 없는 장면처럼 옷을 입은 채 샤워 물줄기를 맞으며 울고 싶다. 그런데 화장을 지우지 않고 물에 들어오다니. 집에 가고 싶었다.

다른 운동도 아니고 수영이니, 아마 씻고 나서 화장을 다시 했거나 (지울 수 있는데) 안 지운 경우일 것이다. 운동할 때조차 맨얼굴이 두려운 마음은 나도 잘 안다. 로드숍이 전투적으로 늘어나고, SNS 사진 게시가 일상이 되고, 연예인이 아닌 일반인에게도 '얼평'하는 것이 인터넷 문화로 자리 잡고, 화장한 10대 청소년이 대부분인 아이돌 그룹 춘추전국시대가 열리고, 예능에서는 여성 방송인을 '민낯죄'라는 죄목으로 체포하고, 패션지에서는 화장이 무너지거나 지워진 여성이 얼마나 꼴불견인지 쉬지 않고 떠들어대고… 여성의 얼굴은 화장한 상태가 기본값처럼 여겨진다. '탈코 운동'이 일어나고 성과를 거두는 한편 여성을 짓누르는 압박은 여전히 거세다. 우리는 추악한 진실을 '민낯'이라고 부르는 관용에 익숙하고, 화장하지 않은 여성은 불이익을 겪는다는 메시지가 여기저기서 경고음처럼 울려퍼지는 세상에 산다. 운동 시간만이라도 외모에서 자유로워지면 좋겠지만 모두의 내면이나 의지에는 차이가 있으니, 한국인이라면 솔깃할 수밖에 없는 궁합의 차원에서 한번 접근해보겠다.

화장과 운동은 최악의 상성이다. 결혼한다고 하면 도시락 싸들고 다니면서 막아야 한다. 일찍이 한 스님이 나의 친언니와 나의 궁합을 그렇게 풀이한 적 있는데, 큰 물인 언니는 큰 흙인 나를 헐어버리고 나는 언니를 막는다고 했다. 운동은 화장을 지우고, 화장은 운동 능력을 봉인한다. 화장은 땀과 열기에 봄눈처럼 사라져버린다. 시간도, 화장품도 아깝다. 운동할 때는 지금 내 몸의 상태와 동작에 가장 집중해야 하는데, 화장이 번졌는지 지워졌는지 신경 쓰면 집중력이 분산된다. 왼손잡이 챔피언이 팔씨름 대회에 오른손으로 출전하는 격이다. 나도 가끔 일과 후 곧바로 운동하느라 화장이 남은 상태인 날이 있다. 그러면 여간 불편한 게 아니다. 화장품이 묻을까 봐 흐르는 땀을 옷이나 수건에 함부로 닦을 수도 없고, 벌어진 모공이 눈치 없이 화장품을 벌컥벌컥 먹어버릴까 봐 초조하다.

색조 화장은 흡수가 되면 안 좋으니 가급적 지우고 들어가도록 하자.

운동과 나쁜 궁합을 자랑하기로는 SNS도 지지 않는다. 필라테스에 다니다 보면 한껏 몸을 꺾어 라인을 과시한 포즈로 거울 셀카를 찍는 회원님을 자주 볼 수 있다. 인스타그램, 아니 #운동스타그램의 단골 구도다. 하이라이트만 보여주는 SNS는 언제 어디서든 세팅된 외모와 연출된 환경을 요구한다. 운동보다는 운동을 하러 온 '나'의 모습을 드러내고 전시하라고 부추긴다. 자신의 모습을 찍는 거야 자유고, 운동에 동기를 부여하기도 한다. 그러나 사진을 찍는 일 자체가 거울처럼 자신을 검열하고 대상화하는 효과를 수반한다는 사실도 기억하자. 자기 대상화가 심한 여성일수록 운동을 지속할 가능성이 낮다는 연구 결과도 있다.

나는 필라테스 센터에서 한 번도 사진을 찍지 않았다. 수업 전에 사진을 찍으면 곧 들이닥칠 불행도 모르고 해맑은 주인공 같아서, 수업 후에는 비척거리느라 찍을 정신이 없었기 때문이지만.

사실 운동의 하이라이트에는 SNS가 좋아할 만한 장면이 별로 없다. 고도로 집중한 표정이나, 홍조와 땀과 벌어진 모공이 빚어낸 얼굴, 5초를 센다고 해놓고 3초와 2초 사이에 자꾸 말을 해서 10초로 늘리는 선생님에 대한 배신감으로 글썽거리는 눈빛은 뽀샤시 필터로도 구제 불능이다. 차라리 '유머' 카테고리라면 모를까. 하지만 화장이나 인증숏 같은 연출의 군더더기를 걷어내면, 뽀샤시 필터도 만들어내지 못하는 즐거움이 있다. 운동에 최고로 집중한 순간이 박제되어야 할 곳은 SNS가 아니라 내 몸과 마음이다. 할 수 있는 횟수가 늘어나는 짜릿함, 한참 헤매다가 선생님의 터치를 거치며 마침내 찾아낸 바른 자세의 감각, 그럴 때 들려오는 "그렇죠!"라는 칭찬의 달콤함, 도저히 못할 줄 알았는데 어떻게 정신을 차려보니 (만신창이지만) 얼떨결에 해내버렸을 때의 만족감은 온전히 내 것이다.

『거울 앞에서 너무 많은 시간을 보냈다』에서 평생 뚱뚱한 몸에 대한 부정적 인식 때문에 고통받던 에이미는 주짓수에 푹 빠진다. "상대가 우연히 울룩불룩한 제 살을 훑게 될지도 모른다고 걱정할 틈도 없어요. 왜냐하면 너무 바쁘거든요. 내내 집중해야 해요." 데이트할 때도 누군가 만지지 않았으면 하는 신체 부위에 대한 부정적 인식이 주짓수를 하면서 달라진다. 그 운동에서 중요한 것은 사이즈가 아니며, 아무도 에이미의 살에 신경 쓰지 않았기 때문이다.

어떤 느낌인지 희미하게 알 것 같았다. 온 세상이 중요하다고 소리 지르는 나의 눈코입, 예쁘고 말고, 꾸미고 말고, 오늘 좀 부었고 말고가 전혀 상관없으며, 익명의 동지들과 함께 운동하는 내내 태어난 것을 후회하게 만드는 순수한 몰입. 그건 운동이 선사하는 특별한 경험이기도 하다. 일그러지고 달아오르고 엉망으로 젖을수록 뿌듯해지는 얼굴에는 굳이 누군가 '좋아요'를 눌러줄 필요가 없다.

한동안 일정에 변수가 많을 것 같아서, 필라테스 수업을 잠깐 쿠폰제로 전환했다. 요일과 시간이 정해져 있는 지정제와 달리 쿠폰제는 그때그때 원하는 시간을 골라서 예약할 수 있다. 평소와 다른 요일, 다른 시간에 수업에 들어가니 처음 보는 선생님에게 배우게 되었다. 함께 들어온 전우들도 낯설었지만, 고통을 나누다 보면 금방 서로 친근해질 거라고 생각했다. 첫 수업이 끝난 후 나는 같은 센터에 다니는 친구에게 메시지를 보냈다.

—이 선생님 조금 무서운 듯? ㅠㅠ

새로운 반은 내가 평소 하던 것보다 운동의 강도가 셌고, 다른 회원님들은 그 정도에 익숙한지 묵묵히 선생님의 요구를 해냈다. 선생님이 시킨 횟수를 반쯤 채웠을 때 첫 번째 낙오자가 발생하고, 끙끙거리다가 횟수를 다 채우기 직전 눈치를 보던 내가 슬그머니 낙오하던 우리 반의 분위기와 달랐다. 선생님은 진지하게 운동을 가르치는 타입이어서 웃거나 농담을 하지 않았고, 전우들은 엄살이 없었다. 엄숙한 분위기 속에서 이리저리 뒹굴다 보면 청소년 시절 수련회에 온 것 같은 기분이 들었다. 좌로 굴러, 우로 굴러, 지금 여기 놀러왔습니까악?! (놀러온 거 맞음.) 혼자 횟수를 채우지 못하고 주저앉으면, 생략하라고 한 마지막 구호를 외쳐버린 학생처럼 민망함에 입술이 오므라들었다.

류은숙 작가의 『아무튼, 피트니스』에는 「체육관의 운동, 체육관의 노동」이라는 글이 있다. 트레이너의 열악한 노동 환경을 짚는 대목 중 '감정 노동'에 관한 부분이 눈에 띄었다. "상냥함이 의무"인 "체육관 쌤"은 언제나 웃어야 하고, 열정적이기까지 해야 한다는 부분에서 많이 공감하고 반성했다.

엄밀히 말하면 선생님이 무섭다기보다, 내가 괜히 무섭게 느꼈을 뿐이다. 성실하게 가르치는 선생님이 웃거나 싹싹한 말투를 쓰지 않는다고 주눅드는 것을 보면 여자에게 불필요한 감정 노동을 기대하는 사회적 분위기에서 나도 자유롭지 않다. 운동 초보는 사소한 요소에도 마음이 흔들리고 같이 운동하는 사람의 텐션에 영향을 받는 법이지만, 결국 스스로의 감정을 컨트롤하고 돌봐야 하는 것은 자기 자신이다. 선생님에게 의탁하거나, 자신이 원하는 만큼 정서적 충족을 바라서는 곤란하다. 서로에 대한 존중과 정확한 운동 지도 외에는 추가 노동의 영역이니까.

많은 운동을 전전한 만큼 많은 선생님을 만났다. 성격이나 가르치는 스타일은 저마다 다르지만, 타인을 '움직이게' 하는 것이 주 업무다 보니 그들은 대체로 명랑하고 열정적이었다. 별로였던 선생님도 있다. 친절하지만 어딘가 불편했던 사람, 운동 능력이 떨어지는 나를 답답해하고 한심해하던 사람, 회원을 티나게 차별하던 사람…. 불필요한 감정 노동과, 운동에 활력을 더하는 강사의 역량 사이. 그 모호한 경계는 구별 가능할까?

문득 처음 만났던 필라테스 선생님을 떠올렸다. 무서움의 순위를 매긴다면 그 선생님이 최고다. 우렁찬 목소리와 거침없는 발언, 번쩍이는 눈빛, 버르적대는 나를 발견하고 다가오는 원 스텝 투 스텝의 오라. 예능이었다면 호랑이 CG와 울부짖는 효과음이 들어갔을 카리스마였다. 가뜩이나 필라테스를 처음 시작해서 레벨 1의 용사 같은 나는 수업 시간마다 혼이 쏙 빠졌다. 그런데도 나는 수업과 선생님을 좋아했다. 닫힐 줄 모르는 내 갈비와, 들어 올리라는 불호령에도 요지부동인 내 하체를 보고 감추지 못했던 표정은 멸시나 무시가 아니었기 때문이다. 자신도 모르게 흘리는 "왜 이러지?" 하는 혼잣말에서는 순수한 사명감과 호기심이 느껴졌다.

왜 못 하느냐고 몰아붙이는 대신 '왜' 못 하는지를 알아내고 어떻게든 '하게' 만들려고 사투를 벌이는 선생님의 진정성에 나도 응답하고 싶었다. 선생님은 웃지도 상냥하지도, 농담을 하지도 않았지만 나의 운동 의욕을 확실하게 부채질했다. 생글생글 웃으면서 내 몸을 품평하거나, 쉴 새 없이 말을 붙이며 사생활을 캐던 '친절한' 선생님보다 훨씬 좋았다.

네 번째쯤 수업에 들어간 날, 고통을 이기지 못한 한 회원님이 비명에 가까운 신음을 흘렸다. 그러자 시범을 보이던 선생님이 소리쳤다.

"전 네 시간째 이거 하고 있어요! 5시부터 했어요!"

웃음기가 깃든 목소리였다. 조용히 시키는 건 다 해내서 내가 우러러보던 우등생 회원님들이 처음으로 웃었다. 나도 실실 따라 웃었다. 갑자기 내적 친밀감이 밀려왔다. 내가 진지한 글을 쓸 때 입꼬리를 내리고 머리를 쥐어뜯듯 선생님이 어려운 동작에 집중하면 나오는 표정이라고 생각하자 더 이상 눈치를 볼 필요가 없었다.

나에게 여러 얼굴과 억양과 목소리가 있듯, 선생님도 그럴 것이다. 운동을 가르치는 선생님에게 언제나 친절하거나 명랑할 의무는 없다. 운동을 배우러 온 나 역시 선생님이 웃지 않는다고 겁먹을 필요가 없다. 나는 그저 운동을 잘 배우고 싶다. 그리고 나의 운동 선생님들이 적절한 대우를 받기를 원한다. 임금과 노동 시간 같은 처우는 물론, 상대적으로 연령대가 어린 직업이라서 더 과한 감정노동의 압박이 조금이나마 느슨해졌으면 좋겠다.

## # 도전! 국민체력측정 100!

여기저기 운동을 배우러 다닐 때면 나의 스승(?)들은 말했다. "운동 좀 해봤네요." "감 있어요." 운동 신경이 없다고 자책하던 나는 고래라도 된 양 칭찬에 춤을 추며 남은 체력을 몽땅 쏟아부었다. "훨씬 좋아졌네요!" "와 체력 많이 올라왔다." 그런 말을 들으면 땀에 푹 젖은 장아찌가 되어도 뿌듯했다. 진짜인 줄 알았다. 내게 했던 것과 똑같은 말을 하며 회원님을 사정없이 굴리는 선생님을 보기 전까지는…. 옷가게 점원의 "언니 거네!", 식당 사장님의 "다 맛있어요" 같은 멘트가 귓가를 스쳐갔다. 나만 진심이지, 또. 물론 이건 영업 멘트라기보다는 주저앉으려는 몸뚱이를 어떻게든 끌고 가려는 선생님의 눈물겨운 응원이자 격려다. 문득 호의가 깃들지 않은 정확한 평가가 궁금해졌다. 체력과 운동 능력이라는 추상적인 개념을 구체적이고 실질적인 수치로 확인한다면, 더 큰 동기 부여가 될 것 같았다.

마침 인터넷에서 '국민체력측정 100' 후기를 보았다. "국민의 체력 및 건강 증진에 목적을 두고 체력 상태를 과학적 방법에 의해 측정, 평가를 하여 운동 상담 및 처방을 해주는 대국민 스포츠 복지 서비스"?! 거창해 보이지만 학교 다닐 때 하던 체력장과 비슷하다. 근력, 근지구력, 심폐지구력, 유연성, 민첩성, 순발력을 평가한다. 가까운 체력인증센터에서 무료로 받을 수 있다. 인기가 많아서 예약이 은근히 어려우니 원하는 지역과 시간이 있다면 미리미리 움직여야 한다.

대망의 체력 측정 날, 실내용 운동화와 운동복을 챙겨 체력인증센터를 방문했다. 혈압이 높아서 측정을 못 했다는 후기를 봤는데, 나는 반대로 혈압이 너무 낮게 나올 때가 있어 걱정스러웠다. 전날 충분히 자고 끼니를 챙기며 내 나름의 준비를 했고 다행히 통과했다. 2인 1조로 진행되는 체력 측정에서 나의 일일 짝꿍은 20대 중반의 여성이었다. 비교당하는 것을 싫어하는 나에게 꽤 효과적인 방식이었다. 악력 측정을 할 때까지만 해도 하품하며 서 있던 나는, 근지구력을 측정하는 교차 윗몸일으키기에서 인간 캐스터네츠처럼 몰아치는 짝꿍을 보고 정신이 번쩍 들었다. "시작할게요~" 까짓것, 나도 한다. 변신! 인간 캐스터네츠! 숨 가쁘게 접었다 폈다를 반복한 결과 짝꿍은 마흔두 개, 나는 마흔한 개를 기록했다. 1분 동안 서른 개를 하면 1급인데 서른 개를 넘어도 홀린 듯 멈출 수 없었다. 119죠? 지금 제 알량한 복근이 불타고 있는데요….

악력 측정이나 앉아 윗몸 앞으로 굽히기, 제자리 멀리뛰기 모두 학창 시절 체력장에서 했던 종목이라 익숙했고 금방 끝났다. 10미터 4회 왕복 달리기는 발목이 약해서 넘어질까 봐 기록보다는 안전에 신경 쓰면서 했다. 실제로 의욕이 넘쳐서 다치는 경우도 많다고. 마침내 국민체력 100의 끝판왕이 남았다. 99개의 후기를 찾으면 99명의 사람이 99가지의 방법으로 토하고 있는 오래달리기.

제한 시간 안에 왕복해야 하고, 점점 제한 시간이 짧아진다. 처음에는 슬렁슬렁 걷듯이 뛰다가 점점 더 빨리 뛰어야 한다. 두 번 이상 시간 안에 들어오지 못하면 탈락이다. 성격이 급한 내가 처음부터 냅다 달리는 바람에 살짝 휘말린 나의 짝꿍이 "저희 너무 빠른 것 같아요"라며 당황했다. 1등급의 기준은 스물여섯 바퀴인데, 열일곱 바퀴쯤 뛰자 슬슬 힘들어지기 시작했다. 갑자기 내 머릿속에는 자체적으로 BGM이 깔렸다. SES 버전의 「달리기」였다. 힘든가요, 지쳤나요, 숨이 턱까지 찼나요~ 할 수 없죠, 어차피, 시작해버린 것을~ 열여덟, 열아홉, 스물… 포기를 사랑하는 나는 숨이 턱 끝까지 차오르자마자 바로 탈주했다. 시간 안에 선을 밟지 못해도 한 번은 봐주는데 두 번째 기회도 걷어찬 것이다. 나는 아직 한계를 돌파하는 운동의 짜릿함을 맛보기에는 풋내기, 운동둥이, 쿠크다스처럼 연약한 의지의 소유자였다. 목구멍에서 피맛이 났다. 피기침을 쿨럭거리며, 나의 짝꿍을 응원했다.

이렇게 뛰어본 게 언제였더라. 9시 55분에 집에서 눈을 떴지만 기어이 10시에 강당으로 골인해서 졸업 필수 요건을 충족했던 7년 전? 아니면 지하철에서 내려서 호남고속버스터미널까지 7분 만에 주파하는 동안 에스컬레이터 한 번 안 타고 달렸던 1년 전? 그것도 아니면… 여고 시절 급식 시간? 내가 아련한 눈으로 인생을 되돌아보는 동안 짝꿍은 서른여덟 바퀴나 뛰었다. 나는 박수를 쳤다. 너덜너덜해진 채 서로를 바라보는데 난데없이 우정이 샘솟았다. 피가 물보다 진한지는 모르겠지만, 땀은 확실히 진하다. 함께 땀 흘린 사이에 형성되는 미묘한 친밀감은 올라간 체온만큼이나 끈적하고 뜨끈하다.

측정이 끝난 뒤 운동 상담이 시작되었다. 우리는 나란히 2등급을 받았다. 나의 짝꿍은 여러 면에서 나보다 기량이 뛰어났지만, 체력 인증 등급은 가장 낮은 등급에 맞춰진다. 한 가지라도 2등급을 받으면 나머지 분야에서 모두 1등급을 받더라도 최종적으로 2등급이다. 매 측정마다 1등급을 노리며 투지를 불태우던 짝꿍은 발을 동동 구르며 아쉬워했지만, 사실 3등급도 못 받고 참가상이나 탈 줄 알았던 나는 기분이 좋았다.

체력 등급이 같아서 짝꿍과 나의 운동 상담이 한꺼번에 진행되었다. 나와 짝꿍은 둘 다 근육이 좀 부족해서 근육 증량과 관련한 질문을 많이 했고, 더 나은 기록을 내려면 어떻게 해야 하는지 등의 조언을 구했다. 구체적인 수치를 보자 나는 악력 측정, 유연성은 1등급에 도달했고 심폐지구력과 순발력은 2등급 보통 정도였다. 근력 운동은 지금 수준으로 유지하되 유산소 운동의 비중을 늘리고, 체지방이 많으니 식이 조절을 하라는 진단을 받았다. 선생님은 식이 조절을 하면 살은 빠질 수밖에 없다고 단언했다. 그 말은 과학적으로 사실일 것이다. 적당히 먹고 적당히 운동하며 사는 내가 그 많은 체지방을 다 빼려면 상당한 기간의 전력투구가 필요하다. 하지만 나는 이미 여러 번의 시행착오를 통해 타고난 체격과 체중을 가늠했고, 극단적으로 적게 먹거나 운동선수 수준으로 제한하지 않는 이상 저체중으로 내려가지 않는다는 사실을 알고 있다. 또, 건강을 구실로 살빼기를 종용하거나 체중과 자기 관리를 연결하는 목

소리에도 이골이 났다. 그러니 전전긍긍하지 않고 운동의 키를 잘 잡을 예정이다. 비록 뱃살이 문제라고 나오지만 윗몸 일으키기는 엄청나게 잘해서 근지구력 1등급을 받았듯, 몸의 여러 요소들은 복합적이고 다층적이니까.

물론 이 등급의 존재와 기준은 신체 정상성에 기반하기에 절대적인 지표가 아니다. 정확한 체력을 측정하려는 의도가 몸을 서열화하고 강인한 몸만을 바람직한 것으로 찬양하는 분위기로 흘러서는 곤란하다. 나는 이 결과를 몸의 상태를 돌아보고 운동 계획을 세우는 참고 자료 정도로 삼기로 했다.

상담 내내 피기침을 멈추지 못하는 나를 보며 선생님은 결국 참았던 웃음을 터뜨렸다. "다음에는… 쿨럭… 더… 쿨럭… 잘하고 싶어요… 쿨럭." 이것은 피기침의 랩소디. 헤어질 때 나와 짝꿍은 약속이라도 한 것처럼 서로를 향해 웃으며 인사했다. "수고하셨습니다!" 국민 체력 측정 100은 두 달에 한 번 측정이 가능하고, 변화 기록도 볼 수 있다. 약한 부분을 중점적으로 단련하여 맞이할 다음 체력 측정을 상상하니, 게임 퀘스트 앞에 선 것처럼 설레기 시작했다.

# # 옷이 날개?
# 운동복의 딜레마

우리 친구들, 오늘은 운동복을 골라볼까요? 운동복은 운동의 종목과 목적에 따라서 그 종류도 디자인도 다양한데요. 기본적으로 통기가 잘되고 땀 흡수가 빠른 소재, 동작에 제약이 없도록 몸에 적당히 맞는 사이즈면 좋습니다. 하의는 격렬한 운동을 할 때 잘 늘어나는 소재로 한 사이즈 작게 고르시고요. 등산이나 자전거 같은 운동을 하는 분은 눈에 잘 띄는 원색, 형광색을 추천한다고 하네요. 운동의 종목과 강도에 따라 고른 스포츠 브라는 활동성을 높여줄 거예요. 그럼 우리 친구들, '여자 운동복'으로 구글 이미지 검색을 해볼까요? 음… 관련 검색어 '여자 운동복 19', '운동복 뒤태', '여자 트레이닝복

레전드'…. 어떻게 봐도 운동복을 사려는 여성 구매자의 검색어는 아니죠?

에이 씨, 진짜.

싸늘해진 얼굴로 검색창을 내린다. 운동복을 판매하는 페이지에 가도 기분은 나아지지 않는다. 상품 사진은 대부분 'S라인'을 강조하고, 운동복의 기능보다 모델을 성적으로 연출하는 데 집중한다. 한껏 엉덩이를 뒤틀고 가슴을 강조한 포즈만 있을 뿐 어디에도 스트레칭을 할 때 옷이 어디까지 딸려 올라가는지, 통기성은 어떤지, 격렬한 운동을 할 때 옷이 얼마나 늘어나는지 같은 정보는 없다. "남성은 중량 위주의 운동을 하기 때문에 옷이 중요하지 않다. 그러나 여성은 라인을 위해 운동하기 때문에 무엇보다도 몸의 실루엣이 드러나는 옷을 입어야 한다"*라고 온 세상이 소리치는 듯하다. 여자의 운동을 언제나 '몸매 관리' 관점에서 접근하면 심미적 기능에만 치중하거나, 기능적 목적을 성애화한다. 전자는 디자인과 '라인'을 강조하는 광고에서, 후자는 딱 붙거나 짧은 운동복을 관음하는 시선에서 드러난다.

솔직히 말해서, 펑퍼짐한 헬스클럽 운동복을 입은 나는 꽤

* 남효진·박지은, 『아름다운 몸 만들기: 나올 데는 나오고 들어갈 데는 들어간 아름다운 몸 만들기』, Denstory, 2016, 160쪽.

붙는 개인 운동복으로 몸을 숨김 없이 드러낸 회원님 앞에서 주눅 든다. '운동력'의 바로미터인 엉덩이 근육이 처진 내가 그런 운동복을 입으면 비웃음만 살 것 같다. 레깅스 위에 반바지가 달려서 몸을 가려주는 운동복을 고르며 남의 시선 따위 쿨하게 무시하지 못하는 스스로를 질책한다. 저체중이지만 탄탄한 몸이 운동복을 관능적으로 소화하는 이미지, 군살 붙은 몸의 운동복 차림이나 레깅스 핏을 꼴불견이라고 비난하는 손가락질 속에서 몸을 평가하는 시선은 내면화된다. 많은 여성들이 소위 'Y존' 때문에 레깅스를 두려워한다. 운동복은 역설적으로 '잘 관리된 몸'을 과시하는 수단이자 그런 몸에게만 허용되는 보상으로 자리 잡았다.

록산 게이는 『헝거』에서 고도비만인 여성이 운동 열풍에서 어떤 소외감을 느끼는지 고백한다. 헬스클럽에서 운동복이 몸을 서열화하고 운동 계급으로 작동하는 경험은 보편의 공감을 산다. "그들은 몸에 딱 맞는 귀여운 운동복을 입었다. 반바지는 너무 짧아서 운동복 아이템이라기보다는 일종의 유혹적인 몸짓으로 보이고 가냘픈 어깨에 걸친 가는 끈의 탱크톱은 그들의 완벽한 몸을 가능한 한 넓게 드러내기 위해 제작된 것 같다. 그들은 자신이 열심히 운동하고 있으며 흠잡을 데 없는 외모를 갖고 있다는 것을 잘 알고 다른 모든 사람도 그 사실을 알기를 바란다."

인간의 인정 욕구는 자연스럽기 때문에, 잘 가꾼 신체를 과시하고 싶은 욕망이 나쁘다고 생각하지 않는다. 몸과 폴의 접촉 면적을 최대한 확보해야 하는 폴댄스처럼 몸을 많이 드러내는 것이 운동에 유리한 경우도 있다. 문제는 운동복 입은 몸을 일방적으로 성적 물화하는 시선이나 여성 운동의 목적을 획일화하는 납작한 사고다. 록산 게이가 느낀 것은 피해의식이 아니라, 입는 주체가 활동성이나 기능성보다 몸의 대상화를 더 중시하도록 유도하는 압박이다. 특정 조건의 몸만을 운동 공간에 적절한 존재로 승인하는 도식 안에서, 운동복은 신데렐라의 유리구두 같은 기능을 수행한다.

그러나 운동복은 유리구두가 아니다. 누군가의 등산화, 누군가의 러닝화, 탭댄스화, 아쿠아로빅 슈즈, 토슈즈다. 옷에 관한 말은 운동복에도 통용된다. TPO(Time, Place, Occasion. 시간, 장소, 상황)에 맞는 운동복을 잘 입으면, 운동에 날개를 달아줄 수 있다. 나는 처음 필라테스를 시작할 때 아무 옷이나 주워 입었다. 필라테스나 요가복은 허영심을 채우는 목적이라고 생각했기 때문이다. 땀이 잘 마르지 않아 금방 체온이 떨어졌고, 근육의 움직임을 봐주려는 선생님은 번번이 옷을 잡아당겨 몸에 바짝 붙여야 했다. 스포츠 브라 없이 뛸 때면 가슴이 아파서 금방 멈췄다. 지금은 총 네 벌의 운동복과 두 벌의 스포츠 브라를 갖고 있다. 최선의 선택인지는 잘 모르겠다. 운동복에 관한 정보는 적고, 모든 조건을 꼼꼼하게 따지거나 발품을 파는 현명한 소비는 여간 부지런해야 되는 게 아니다. 나는 대충 적당함을 추구하지만 이 '적당함'과 '무난함'이 언제나 가장 어렵다. 첫 번째 조건은 모델에게 필요 이상의 성적 어필을 시키지 않을 것.

운동복을 둘러싼 딜레마는 사실 간단하다. 운동하는 내가 머리에 힘을 줘서 뭔가를 극복할 게 아니라, 운동하는 타인의 몸을 쳐다보거나 운동복을 성적으로 소비하지 않으면 된다. '여자 운동복 19', '운동복 뒤태' 따위만 검색하거나 돌려 보거나, 눈알을 힐끔거리지 않으면 끝나는 문제다. 여성 운동의 의의를 확장해서, 라인과 심미적 목적에만 치중하는 마케팅의 판도를 흔드는 변화도 함께 이뤄져야겠지만. 운동복에 허리 라인을 넣을 정성과 기술력이면 원단과 만듦새에 집중하고, 다양한 사이즈를 생산하고도 남지 않을까?

# 몸, 몸, 몸들

가수 박재범의 「몸매」라는 노래에는 "너의 몸, 몸, 몸매"라는 후렴이 반복된다. 남자 화자가 여성의 몸매를 과장되게 극찬하는 가사는 여성의 신체를 "가슴에 달려 있는 자매, 쌍둥이 등, 탐스러운 자연산 복숭아 수박, 골반이 수입산"처럼 인간이 아닌 무언가로 물화한다. 수증기가 가득한 수영장의 샤워실에 들어섰을 때 나의 귓전에서 갑자기 그 노래가 울려퍼졌다. 가사는 조금 달랐다. 이토록 다양한, "몸, 몸, 몸들." 의미는 물론 완전히 달랐다.

아침 아쿠아로빅 수업에는 약 60~70여 명의 회원이 참가한다. 대부분 중장년층 여성이다. 아쿠아로빅 수업 전후로도 수영

강습이 있다. 새벽반에는 성인 여성이, 오전반에는 11~12세의 여아들이 주 회원이다. 샤워실은 10대부터 70대까지의 여성들로 북적거린다. 그 광경을 처음 접했을 때 나는 매우 깊은 인상을 받았다. 몸, 몸, 몸들.

왜였을까? 여성의 몸이 낯설 리가 없었다. 어디서든 볼 수 있으니까. 방송, 잡지, 유튜브, 명화, 거리, 영화… 미디어는 여성을 육체 그 자체로, 오브제로, 입간판으로 여기저기 '널어버린다'. 카메라로 훑어내리고, 몰래 찍고, 퍼뜨리고, 힐끔거린다. 벗은 몸도 마찬가지다.

그런데도.

차이는 명백했다. 지금까지는 연출되고 가공된 순간을 포착한 몸이 기본값으로 설정되어, 있는 그대로 존재하는 몸을 볼 일이 별로 없었다. 하지만 내가 수영장에서 마주친 몸은 '벗겨지거나', '보이기' 위한 것이 아니었다. 여성의 신체적 특성인 양 여겨지지만 사실은 소수의 몇몇만 구현할 수 있거나 혼신의 힘을 다해 구현해야 하는 'S라인'을 강조하는 자세도 없었다.

1985년 뉴욕에서 결성된 여성 예술가 모임 '게릴라 걸스'는 "여성이 메트로폴리탄 미술관에 들어가려면 발가벗어야만 하나?"라는 문구로 유명하다. 이들의 운동은 메트로폴리탄 미술관의 근대 미술 부문에 여성 미술가들의 작품은 5%인데 이

미술관에 걸린 누드화의 85%는 여성을 소재로 했다는 문제의식에서 출발한다. 이 비율은 우리 사회가 여성의 몸을 관음과 물화의 대상으로 소비하는 데 익숙하다는 것을 보여주는 대표적인 예다.

여성의 일상은 정지된 누드화, 화려하게 편집된 뮤직 비디오, 수천만 원의 PT와 포토샵을 거친 잡지 화보가 아니다. 몸은 '몸매'가 아니라 몸이다. 처지고 구겨지고 삐져나온다. 배를 내밀고 팔을 늘어뜨리고, 씻거나 수영복을 입으려고 어기적거리는 몸, 배가 나오거나, 가슴이 크거나 작거나, 짝짝이거나 절단했거나, 배에 선명한 수술 자국이 있는 몸, 어릴 때 겪은 사고 때문에 아주 미묘하게 양쪽 다리의 길이가 다르고 뼈가 툭툭 불거진 나의 몸.

'평범한' 몸은 목욕탕에서도 많이 봤다. 그러나 운동하러 온 몸을 보는 것은 근본적으로 다른 경험이다. 이를테면 느릿하게 수영복을 착용하거나 벗는 여성 노인의 등 같은 것들 말이다. 계단 오르내리기도 힘겨워하는 노인의 이미지는 익숙하지만, 아침마다 수영을 하는 은근하고 성실한 힘은 잘 보이지 않는다. 전자와 후자는 같은 사람이면서 다르다. '약하다'는 '무력하다'는 뜻이 아니다. 어떤 부분이 약하다고 모든 면모가 약하고 무력한 것도 아니다.

서 있기도 힘들어서 바닥에 앉아 비누칠을 하던 회원님이 나에게 샴푸 뚜껑을 열어달라고 부탁했다. 작은 손이 달달 떨고 있었다. 순간적으로 '아, 나 같으면 집에만 있을 것 같다' 하고 생각했다. 그러나 회원님은 매일 그 자리에 있었다. 속도만 좀 느릴 뿐 수영에 필요한 모든 과정을 차근차근 해내면서, 화려한 접영은 아니지만 아쿠아로빅의 동작을 자신의 속도에 맞춰 따라 하면서. 무릎 관절이 닳고 허리가 휘어도 할 수 있는 만큼 움직이면서.

그러고 보니 나는 미래의 나, 늙고 병든 나를 집 안에만 가두고 있었다. 운동은 원래 힘들다. 나도 힘들어하면서 운동을 다닌다. 나는 나보다 훨씬 신체 능력이 뛰어난 사람보다 운동의 효과나 성과 면에서 뒤처진다. 누군가 그런 이유로 내게 운동을 그만두라고 하면 황소처럼 성낼 주제에, 상대가 노인이라고 비슷한 태도를 취했다. 부끄러웠다. 동시에 '평생 운동'을 외치는 내가 '더' 강해질 몸, 나의 나약함을 넘어서는 짜릿함만 생각한다는 사실을 깨달았다.

우리 사회는 '나이 든', '병든' 몸을 혐오하고 배제한다. 모든 인간은 나이 들고 신체 능력이 약화되기 마련이지만 그런 몸이 어떤 운동을 하면서 잘 살아갈 수 있는지 이야기하지 않는다. 연예인의 몸매를 강조하는 사진에 '○○살 맞아?'라는 타이틀이 붙고, 각종 노화를 예방하는 운동 정보가 넘쳐난다. 운동을 최적의 상태를 만들거나 유지하는 차원에서만 접근하면 늙고 병든 몸을 비정상적인 것으로 여기는 기존의 관점을 되풀이하게 된다.

운동 열풍이 부는 한편으로는 '마르고 탄탄'한 몸을 관리 능력, 운동 내공으로 환산하는 기묘한 공기가 흐른다. 운동하는 여성의 이미지는 항상 날씬하고 날렵하다. 가늘고 탄탄한 몸은 여성 운동의 궁극적 목적이나 결과로 제시된다. 타고나는 개인차나 운동 종목에 따라 발달하는 체형은 다를 수밖에 없는데도. 젊고 건강한 몸이 가득한 운동 공간에는 운동을 통한 신체 능력의 강화와 성취로서의 '몸매' 신화가 넘실거린다.

수영장 샤워실에서 내가 맞닥뜨린 것은 그런 눈 가리고 아웅이 아니라 축축하고 구체적인 현실이었다. 다른 경험과 개인의 역사와 운동 신경과 체력을 품은 몸이 생활의 일부로서 운동을 지속하는 풍경. 운동복 광고처럼 역동적이거나 세련되지 않으며, 딱히 운동과 나의 의미를 연결하여 가능과 불가능을 가늠하지 않고, 운동을 통해 나를 믿거나 증명하려는 순간 없이도 그저 밥을 먹고 커피를 마시듯 운동을 하는 사람들. 아침마다 다양한 몸의 꾸러미와 복닥거리면서 생각한다. 몸매 타령밖에 못 하는 빈약한 상상력은 뭇매나 맞으시라.

# '아픈 몸'의 지속 가능한 운동

'재'는 내가 독립출판물을 내면서 만난 친구다. 독립출판물을 매개로 만난 다른 친구들처럼, 꽤 오래 알고 지냈지만 나이나 전공 같은 인적 사항은 잘 모른다. 여전히 '님' 자를 붙이면서 서로 존댓말을 쓴다. 아마 아직 친해지기 전의, SNS에서 만난 친구처럼 보이겠지? 나는 재를 무척 좋아한다. 간헐적이고도 밀도 있는 만남과 시시하고도 진중한 대화, 재의 신념과 센스를 신뢰하고 사랑한다. 작년 여름 재는 유방암 진단을 받았고 몇 차례의 수술을 거쳤다. 인터뷰를 할 때 재는 며칠 뒤 또 한 번의 수술을 앞두고 있었다.

재, 젊은 여성 유방암 환자. 많은 것이 압축된 한편 재에 관한 것을 누락하거나 제한하기도 하는 정보다. 재는 수술 후 체력 회복과 재활의 목적으로 필라테스를 시작했다. 관절에 부담이 안 가면서, 외과 수술 때문에 감염의 위험이 큰 수영을 제외한 운동을 찾던 재에게 파랑새처럼 날아든 운동이었다. 다행히 잘 맞는지 5개월째 일대일 수업을 받는 중이다. 필라테스 동지라면 묻지도 따지지도 않고 전우애와 사랑이 솟아나는 터라 각자 수업에서 어떻게 털렸는지(?) 이야기하다 보면 시간 가는 줄 모른다.

재와 나는 같은 운동을 하지만 우리는 서로 다른 몸과 조건을 지녔다. 그러니 당연히 운동 경험이나 목적도 다르다. 재가 제일 먼저 강조한 것은 '살은 안 빼도 되니까 무조건 재활 목적으로'였다. 재는 체력 증진을 원하는 다른 많은 여성들처럼, 자신의 운동 목적이 다이어트가 아니라는 사실을 열심히 어필해야 했다. 하지만 여성 운동이 온통 다이어트를 강조하는 것만큼이나, 우리 사회의 운동은 정상성을 전제로 하기에 재에게는 좀 더 많은 운동 조율 기간과 노력이 필요했다. 예를 들면, 필라테스에는 일부러 임파선을 자극하는 동작이 많다. 하지만 재처럼 임파선을 제거한 환자는 오히려 몸이 부을 수 있어서 주의해야 한다. 또한 재는 한쪽 팔로 3킬로그램 이상을 들 수 없다. 재활 교육 책자를 들고 가서 선생님과 정보를 공유하고, 자신의 상태를 섬세하게 체크하는 과정을 거쳤다. 선생님 입장에서도 '아픈 회원'은 처음이어서 도전이었다고 하는데, 재와 함께 운동한 이후 입소문이 나서 그런지 다른 암환자가 찾아오기 시작했다.

수술 후 재가 가장 고민한 것은 '환자의 건강'에 대한 정보가 극히 제한되어 있다는 것이다. 특히 운동의 개념이 거의 없었다. 저마다 상태가 다르다 보니 원론적인 설명만 할 뿐이어서, 구체적으로 어떤 운동이 어떻게 필요한지 모르는 환자들은 대부분 걷기 운동에만 치중한다. 병원에서 준 책자에도 수술 직후 관리법 정도만 실려 있을 뿐이어서 수술 이후 어떻게 아픈 몸을 관리하며 일상을 살아가야 하는지는 알 수 없었다. 유방암 환자는 당뇨에 걸릴 위험이 큰데, 혈액 순환에서 펌핑 역할을 하는 허벅지 근육 단련이 중요하다는 정보도 아주 어렵게 얻었다. 우리 사회에서 운동과 관련된 정보나 담론은 비가시적인 장애와 만성적인 질병이 없는 상태를 전제로 공급되기 때문에 생기는 문제다.

운동은 '건강한 몸'에 이르는 과정이자 효과적인 방법으로 제시된다. 필라테스는 몸매를 예쁘게 다듬는 소위 '여자 운동'이라는 인식이 일반적이다. 재의 운동은 이 중 어디에도 속하지 않는다. 어떤 몸은 아프고, 온전한 건강의 기준에 도달할 수 없으며, 언제까지일지 모르는 시간을 질병과 동반한다. 누구나 아플 수 있다. 통증이나 질병이 없는 건강한 몸이야말로 아주 일시적인 상태에 불과할지도 모른다. 그런데도 사람들은 온전히 건강한 상태를 기본값으로 상상하고, 그 외의 몸은 관리 소홀로 훼손되었다고 여긴다. 건강의 정상성에 대한 환상은 아픈 몸을 비난하고 소외시킨다. 우리는 개인이 병들기 쉬운 환경 속에서 살면서 환자 탓을 하는 모순에 익숙하다. "네가 뭘 잘못 먹어서", "잠을 안 자서", "살이 쪄서…" 등등. 태생적으로 취약하게 태어나기도 하고, 인간이 모두 자신의 건강에 긍정적인 선택만 할 수는 없는 법인데 그것조차 '노오오오력'을 안 해서라고 말하는 것은 기만적이다.

재는 극복과 치유의 서사보다, 자신의 아픈 몸이나 한계를 인정하는 게 중요하다고 생각한다. 어려울 것 같지만, 한편으로는 생각보다 쉬웠다. 그 사실을 인정하면서 '어떻게 해야 한다'라는 강박이 없어졌다. '빨리 건강해져야지'라는 생각이나 운동 성과에 대한 부담이 사라지자 훨씬 더 즐겁게 운동을 할 수 있게 되었다.

사람마다 목적은 다르지만, 운동은 원하는 만큼 결과가 안 나오기도 한다. 몇 킬로그램을 빼겠다, 오늘은 데드 리프트를 몇 킬로그램 들었으니 다음에는 얼마, 이번에는 몇 킬로미터를 뛰었으니 다음 달에는 얼마, 이런 식의 성취를 재미로 즐기면 괜찮지만 성취가 곧 목적이 되면 비교하거나 금방 포기하기 쉽다. 재에게 운동은 목적 지향적 행위보다는 지속성이 중요한, 그저 매일 반복하는 습관이다. 지금 내 몸을 좀 덜 아프게 다룰 수 있는 법을 찾는 탐색의 여정이다.

운동의 의미가 바뀌면서 재에게 일어난 변화 중 하나는 안 입는 옷을 다 버린 것. "나는 애초에 (더 보기 좋은 몸으로) '변화하려고' 운동할 필요가 없었구나." 그렇게 생각하니까 다이어트해서 입겠다는 생각으로 소장하던 옷을 다 갖다버렸다고 했다. 자기 몸을 바꿔야 될 대상으로 보면 자꾸 엉뚱한 옷을 사게 되는데, 지금 나에게 맞고 편하고 좋은 옷을 찾게 되었다는 말이 무척 인상적이었다. '옷은 예쁜데 제 몸이 문제네요, 살 빼서 입을게요'라는 말이 인터넷 쇼핑몰 후기란에 넘쳐나는 현실에서 알게 모르게 나의 옷장에도 그런 미련과 자기 부정이 쌓이고 있다는 사실을 깨달았다. 재와 인터뷰하고 돌아온 날 나도 옷장의 한편을 덜어냈다.

이미 아프기 시작한 몸, 앞으로 아플 수밖에 없는 몸, 아픔이 극복하고 말고의 문제가 아니라 그저 일상이자 자기 자신 그 자체인 삶은 누구에게나 예기치 못하게 닥친다. 아픔과 질병은 관리의 실패나 일상의 붕괴가 아니라, 지금까지와는 조금 다른 조건의 삶이 다시 시작되는 일이다. 병든 몸이라도 삶의 연속성은 유지된다. 건강의 개념과 기준을 새롭게 감각한다면 많은 것이 다시 보인다.

재는 항암 치료 때문에 머리카락이 빠지자 '삭발식'을 인스타 라이브로 중계하고, 가발이나 모자 대신 터번을 쓰고 다니고, 여성복의 의류 모델에 지원하여 화보를 찍는다. 그걸 보면서 나 역시 저 멀리 꽂힌 깃발, '우수하고 흠결 없고 건강한 몸'이라는 목표만 보고 노를 저은 게 아닌지 생각해보았다. "운동해서 건강해지자! 강한 몸에 강한 정신!"은 그 자체로는 좋은 말이지만, 넘어가서는 안 되는 경계 너머에 아픈 몸을 위치 짓는다. 그렇게 분리되고 단절된 아픈 몸과 경험은 감춰지고 사라진다. 재는 아픈 사람에 대한 타자화된 시선과 획일화된 이미지를 흔드는 다양한 시도를 하고 싶다고 했다. 외국의 사례를 참고하면 가슴을 절제한 환자의 누드 사진이나, 삭발한 머리에 새긴 문신 같은 것들(슬쩍 운을 뗐더니 아버지가 엄청 안절부절못해서 웃겼다고)이 그 예시다.

재의 행보를 응원하고 지지한다. 만나면 또 필라테스의 동병상련을 나누면서 서로 의지하고, 더 다양한 운동의 의미를 함께 탐구하면서 살고 싶다.

## # 남편보다 체력이 필요해

나는 2019년 1월에 김애순 선생님과 『하고 싶으면 하는 거지…비혼』이라는 대담집을 출간했다. 78세 김애순 선생님은 평생 비혼으로 살아오면서 습득한 노하우나 삶의 태도를 비혼꿈나무에게 다양하게, 아낌없이 풀어주셨다. 농담으로 김애순 선생님을 비혼 국가대표라고 소개하면 당황하면서도 좀 좋아하시는 것 같다(흣). 2017년 겨울, 선생님은 나와 처음 만났을 때 두 가지를 물으셨다. “아침밥 먹었어?” “운동은 하나?” 그때 나는 당당할 수 없었다. 아침도 안 먹었고, 운동도 안 했으니까.

요즘에는 어깨를 반 정도 편다. 밥보다 잠이 우선이라 여전히 아침은 안 먹지만, 선생님에게 자극받아 운동을 시작했기 때문이다. 선생님과 선생님의 삶은 그 자체로 나에게 많은 가능성을 제시하고, 나를 위로한다. 워낙 부지런하고 꼼꼼하신 분이라 내가 다 본받을 수는 없지만, 꼿꼿하게 걸어오는 선생님과 처음 마주한 순간 어떤 바람이 불어오는 듯했다. 꾸준한 운동과 체력 관리의 중요성을 체감한 것이다. 막연하던 생각이 문득 내 앞머리를 흔들고 뺨을 쓸며 구체적인 감각으로 다가왔다.

선생님은 40대가 되면서부터 체력이 달리는 것을 느끼고 운동을 시작했다. 서른이 되면서 벌써 몸이 예전 같지 않음을 느꼈던 나로서는 인생 선배들이 하나같이 마흔을 기점으로 운동을 시작한 이야기가 약간 두려웠다. 힘들다고? 지금보다 더? 그렇다면 나는 대비를 좀 더 빨리 해야겠네?! 그런 생각으로 허둥지둥 운동 시동을 걸었다. 서른 살이 넘으면 근육이 해마다 줄어든다고 하는데, 배와 허리의 근육이 약하면 허리가 굽어진단다. 꽤 오랫동안 나이가 들면 당연히 허리가 휘는 줄 알았다. 노래도 있지 않은가. 꼬부랑 할머니가, 꼬부랑 고갯길을, 꼬부랑 꼬부랑… 넘어가고 있네. 그런데 그게 근육량의 문제라고? 생각해보니 허리가 휜 노인의 이미지는 대부분 운동의 기회나 경험이 적은 여성 노인이었다. 평생 꾸준히 운동한 나의 할머니는 자세가 반듯하고 곧았다. 어느 순간부터는 나이가 너무 많아서 유모차에 의지했지만, 내 기억 속 할머니는 대부분 그랬다. 운동의 관점에서 보니 할머니의 짱짱하던 걸음걸이가 문득 경이롭고 또 그리워졌다.

선생님의 평생 운동은 요가다. 40대에 시작했으니 인생의 절반 조금 안 되는 기간 동안 요가를 해온 셈이다. 요가원에 갈 필요도 없이 '혼자서도 잘해요'의 경지에 이르렀다. 나도 30년쯤 하면 필라테스 산에서 하산할 수 있다는 헛된 희망을 품어본다. 내가 다니는 필라테스 센터의 벽에는 영어로 글귀가 적혀 있다. "10세션을 하면 변화를 느낄 것이고, 20세션을 하면 변화를 볼 수 있을 것이고, 30세션을 하면 완전히 새로운 몸을 갖게 될 것이다." 나는 합치면 얼렁뚱땅 30세션을 했음에도 완전히 새로운 몸은 가지지 못했지만 30년 뒤를 기약하며 운동하기로 했다.

한국 사회가 아직 결혼하지 않은 여자를 어떻게 대할지 전혀 모르던 시절, 비혼은커녕 스물다섯 살만 넘어도 노처녀 취급을 받던 시대, 얼마나 많은 잔소리와 참견이 있었을지 생각만 해도 머리가 아프다. 그럴 때마다 건강이 선생님을 지켜주었다. 신체적, 정신적 의미를 모두 포함하는 범위에서 말이다. 평생 자신을 먹여 살린 노동, 자신의 존재를 지우고 폄하하는 세상과 말에 연연하지 않는 마음가짐, 그러면서도 주변의 가족이나 친구들을 살뜰하게 챙기는 여유는 든든한 체력이 뒷받침되었기에 가능했을 것이다.

혼자 사는 것은 사람들의 시야에서 쉽게 사라지는 일이다. 필요한 만큼 나를 세상과 이어 붙이고 사람들과 연결되지 않으면 사회적 존재인 인간은 잊혀진다. 결혼은 제도와 혈연으로 그러한 수고를 의무와 일상으로 만든다. 나는 부단히 노력해서 내가 최악의 상황에 빠지지 않도록, 사람들에게 지워지지 않도록 스스로를 잘 챙겨야 한다. 나는 나를 잘 돌보며 살고자 운동하고, 내 상태를 민감하게 살피고, 내게 좋은 것을 골라 먹여야 한다.

그래도 누군가는 나의 비참한 미래를 예언한다. 그건 발화자의 소망이기도 하다. 감히 결혼하지 않고 사는 내가 불행하기를 바라는 마음, 자신과 다른 형태의 행복은 인정하지 않으려는 고집, 남편이나 남자친구는 여자를 보호하는 울타리이자 유일한 보루라는 낡은 믿음에서는 시들고 삭은 냄새가 난다. 고독하게 죽을까 봐 결혼하라니, 먼 미래 나의 안위를 위해 타인을 저당 잡는 일이 과연 올바른 선택인지 의문스럽다. 게다가 환상과 달리 결혼은 안전과 행복만을 약속하지 않는다. 2017년 한국여성의전화가 언론에 보도된 사건사고를 분석한 결과를 보면 나흘에 한 명꼴로 여성이 남편이나 남자친구 같은 '친밀한 남성'에게 살해당한다. 이처럼 극단적인 경우가 아니더라도, 남편의 간병인은 대부분 아내인 반면 아내를 간병하는 남편은 보기 드물다. 선생님은 남편이나 자식보다 자신이 돌본 건강과 체력을 믿는다고 했다. 물론 건강은 통제 가능한 영역이 아니며 언제 뒤통수를 칠지 모르지만, 그런 위험은 가족이 더 크면 컸지 덜하진 않다. 나는 나에게 나를 맡기기로 했다.

선생님의 사례는 물론 여러가지 특권과 운이 따른, 그리고 개인이 아주 뛰어난 경우이기 때문에 일반화할 수 없다. 선생님은 나와도 아주 다르다. 선생님을 통해 비혼의 '무결함' 혹은 '우월함'을 증명하거나 주장하고 싶지도 않다. 다만 칠흑 같은 어둠 속에서 깜박이는 등불, 모두가 길이 없다고 외치는 방향으로 찍힌 발자국에서 용기와 희망을 얻는다. '저렇게 살겠다'가 아니라 '저렇게도 살 수 있다'라는 가능성의 발견이 다시 무엇과도 같지 않은 내 몫의 삶을 깎고 다듬는 날이 될 수 있다. 언제 선생님을 만나더라도 운동하고 있냐는 질문에는 떳떳하게 대답할 수 있도록 열심히 운동해버릴 거다. 열심히 해서, 나중에 비혼 양로원에서 팔씨름 대회가 열리면 일등 먹어버릴 거야!

# 여인에게 뜀질을 가르쳐서
조선에 망조가 든다?

내가 다녔던 중학교는 같은 재단의 남자 고등학교와 건물이 딱 붙어 있었다. 학교 운동장에 나와 있으면 남고생들이 물풍선을 던지고 거울로 빛을 반사하며 괴성을 질렀다. 급식을 먹으려고 계단 다섯 칸을 한 번에 뛰어내리는 혈기왕성한 여중생들도 남고의 쉬는 시간에 운동장을 지나갈 때면 고개를 숙이고 종종거렸다. 하필 중학교의 교기는 씨름부여서 운동장 한편에서는 상의를 탈의한 남학생들이 떼를 지어 달리곤 했다. 여러모로 운동장은 불편한 공간이었고, 체육 시간이면 남고생들의 야유를 사지 않으려고 달리기 기록 대신 앞머리를 눌러 얼굴을 가리는 데 급급했다. 최대한 눈에 띄지 않으려는 모든 움직임은 머리에 얹은 물동이를 사수하려는 조선 시대 여인의 모습 같기도 했다.

지금보다 훨씬 더 신체의 자유가 제약되고, 체육이라는 개념 자체가 없었을 때 열다섯 살 여자아이의 몸에는 어떤 경험이 새겨졌을까? 여성 근대 체육의 역사는 1892년 이화학당의 제3대 당장인 조세핀 오필리아 페인이 학생에게 체조를 가르치면서 시작됐다. 콜레라 같은 전염병이 쉽게 퍼지는 현실에서 페인은 학생들의 체력 향상을 목적으로 체조 수업을 도입했다. "이화학당에서 처음으로 여학생들에게 손을 번쩍 들고 발가랑이를 벌리며, 뜀질을 시키는 체조를 시작"하자 말 그대로 사회가 발칵 뒤집어졌다. 당시 조선 사회는 반상(班常. 양반과 상사람)의 구별이 심해서 소위 양반가에서는 여자가 걸을 때 발꿈치에서 발끝까지의 길이 이상 발을 떼면 상스럽다며 엄하게 걸음걸이를 다스렸다. 그런데 여학생들이 다리를 '벌린다'? 뒷목 잡고 넘어갈 일이었다.

그대로 뒷목 잡고 넘어갔으면 좋았을 텐데, 학부형들은 하인을 시켜 체조 수업 시간에 딸을 업어오거나 가족 회의를 열어 가문의 수치를 규탄하는 등 부지런히 유난을 떨었다. 이화학당에 다닌 여학생은 며느리로 삼지 않겠다는 풍조도 일었다고 한다. 100년 전이나 지금이나 여성의 몸을 예비 며느리나

예비 여자친구의 '자원'으로밖에 인식하지 못하는 정서는 그대로인가 보다.

체조 수업 이후 학생들의 건강이 눈에 띄게 좋아졌다는 사실보다 그저 여성의 몸을 '조신'하게 갈무리해야 한다는 인식이 앞서던 시대였다. 상상해본다. 여학생이 팔과 다리를 벌리던 1892년 최초의 체육 시간을. 보이지 않는 틀 안에 구겨져서 걷고 숨 쉬고 말하던 이가, 그 바깥으로 팔을 내지르고 땅을 박차고 뛰어오르는 순간의 희열을. 처음으로 숨이 가빠 벌어지는 입술과 땀이 맺힌 이마를. 누구와도 무관하고, 외부에 기여하지 않는 동작을 오롯이 자신의 육체로 재현하는 기쁨을.

결국 한성부에서 이화학당에 공문을 내어 체조를 즉각 중단하라고 통고했다. 여학생이 좀 뛰는 것이 나라님이 개입할 만큼 중대한 사안이었던 것이다. 이화학당은 체조 수업을 강행했고 연이어 농구와 테니스까지 가르친다. 피구나 시키면서 "여자애들은 원래 운동 싫어한다"라는 헛소리를 하는 전국의 체육 교사는 100년 전 국가 공문도 씹은 스승의 패기를 본받았으면 하네요.

체육 교육이 확산되면서 다양한 여학교 연합 운동회가 열렸다. '운동하는 여자'의 육체가 본격적으로 세상에 쏟아져 나온 것이다. 여학생이 체조를 배우는 것만으로 나라가 망한다며 부들부들 떨던 조선 양반이 이 끝내주는 광경 앞에서 지었을 표정이 궁금하다. 인간의 빈약한 상상력은 종종 보이지 않으면 없는 것으로 간주하고, 애초에 불가능하다고 생각한다. 달리고, 뛰어오르고, 팔을 번쩍 들고, 가랑이를 벌리고, 넘어지고, 일어서는 몸은 그 자체로 운동과 여성의 몸에 대한 인식을 바꾸어놓았다.

우리는 '먼 과거'의 여성을 미개하고 불행한, 가부장제의 피해자로만 상상하는 경향이 있다. 그러나 여성 체육의 역사를 훑어보면 다양한 분야에서 역량을 뽐낸 여성이 가득하다. 최초의 여성 운동회, 최초의 체육 교육자 여성, 다양한 운동 종목을 섭렵하고 때로는 남학생과 동일한 수준의 구보를 해낸 여학생들… 여성 체육의 역사는 흥미로운 기록투성이다. 체조 좀 했다고 끌고 가고 가족 회의가 소집되는 시대의 압박과, 그 속에서도 치마 저고리를 입고 농구와 축구를 즐기는 개인의 고군분투가 엎치락뒤치락 공존했다. 그 시절의 운동 '선배'를 생각하면 어딘가 애틋해진다. 내가 쫓겨났다고 생각하던 운동장이 그나마 그러한 투쟁을 거쳐 확보한 공간이라는 씁쓸함, 여학생의 운동할 권리가 여전히 지켜지지 않는다는 분노도 시간차를 두고 밀려온다. 나는 이제 더 나은 운동 기회를 찾고 실행할 수 있지만, 지금도 어딘가에서 많은 여학생들이 운동장에서 배제되고 있기 때문이다.

여인이 뜀질을 배우고 가랑이를 벌리고 뛰어서는 아니지만 어쨌든 나라가 망했는데도 어떤 차별은 굳건하다. 나라는 개인이 당장 어떤 변화를 끌어내기란 현실적으로 불가능할 것이다. 나는 현실의 제약에 맞서며 운동하는 여학생을 응원하는 것으로 첫걸음을 떼기로 했다. 남자 축구부에 비해 터무니없이 부족하다는 초등학교 여자 축구부 선수들의 시합을 찾아보고, 뛰어난 기량을 발휘하지만 상대적으로 언론의 관심이 덜한 여자 운동선수와 유망주의 소식을 계속 업데이트하는 식이다. 그리고 초능력이 생기면 대중교통의 쩍벌남을 모아서 필라테스 수업에 몰아넣고 싶다. 다리 찢기의 무서움도 모르고 감히 어설프게 벌린 죄, 필라테스 수업에서 값을 치르란 말이다. 진짜 망조는 운동하는 몸이 아니라 타인을 통제할 권리가 자신에게 있다고 생각하는 정신에 드나니.

# epilogue

물에 빠져도 입만 동동 뜰 거라고 어른들이 혀를 차던 '저 놈의 가시나'는 결국 작가가 되어 입을 털고 펜을 굴리며 산다. 당연히 현실은 꿈꾸던 것과 많이 다르다. 노동자의 면모보다는 예술가의 이미지가 부각되는 직업이다 보니 나도 오랫동안 허상을 좇았다. 대표적인 것 중 하나가 예민한 신경과 깡마른 몸이다. 해방 전처럼 각혈은 안 해도, 시대정신이 깨어 있어야 하는 작가에게 잘 먹어 뽀둥한 얼굴은 영 어울리지 않을 것 같았다. 영화 「베스트셀러」를 본 친구는, 주연배우 엄정화의 앙상하게 드러난 척추뼈가 인상적이라며 "그게 바로 작가의 몸"인 것 같다고 감탄했다. 작가의 살찐 몸을 불신의 근거로

드는 업계 사람을 본 적도 있다. 이것이 살찐 사람을 유능하지 않거나 통제 불능이라고 판단하는 비만 혐오에 불과하다는 사실을 깨닫지 못한 채 나는 마른 몸을 선망했다. 내키는 대로 먹고 자는 불규칙한 생활 패턴이나 부정적인 감정에 저항 없이 푹 빠져들어 머리끝까지 젖게 내버려두는 습관 모두 글 쓰는 사람은 원래 그렇다며 대충 비볐다. 이런 걸 요즘 흑역사라고 한다.

대학원에 다닐 때 지도교수님이 조언했다. "학자는 성직자처럼 살아야 한다. 규칙적으로 먹고 자고 무조건 운동해라." 내가 창작자 중 가장 존경하고 사랑하는 천계영 만화가는 트위터에 썼다. "창작은 특별한 게 아니라 다른 일과 비슷하게 엉덩이로 하는 노동이다. 정해진 시간에 앉아서 하는." 원문이 있는 트위터 계정이 없어져서 정확하지 않지만 이런 뉘앙스였다. 위근우 작가의 트위터에서는 "마감은 척추기립근으로 하는 거"라는 말을 봤다. 내가 착각을 해도 단단히 했다. 글을 쓰든 약을 쓰든 체력은 저절로 확보되지 않고, 작가든 법률가든 체력이 뒷받침되어야 지속 가능한 것을. 직업에는 귀천이 없고 체력에는 요령이 없다.

저만치, 나보다 일찍 운동을 시작했거나 오래 한 사람들이 보인다. 이 속도와 방향대로 꾸준히 나아가면 석 달 후, 1년 후,

10년 후의 나는 어떤 모습일까? 이제 막 출발한 나는 내세울 만한 성취와 성과가 없다. 대신 누군가 지금 당장 운동을 시작하면 사이 좋은 페이스메이커가 될 수 있을 것이다. 해봐서 안다는 말 대신 다가올 미래를 함께 궁금해하며 설레고 싶다. 멋진 몸으로 운동의 효과를 증명하는 대신 주어진 세트를 끝까지 마치지 못하고 철푸덕 주저앉는 허망함에 공감하며 킬킬대고 싶다. 번번이 100일을 못 채우고 동굴을 뛰쳐나온 호랑이가 처음으로 인생 운동을 찾아 재미를 느낀 썰을 풀면서, 운동을 자기계발의 영역으로 끌고 와서 죄책감을 주입하려는 시도를 발로 뻥뻥 차면서, 필라테스가 끝난 직후의 '좀비 워킹'을 뽐내면서, 역시 못 하겠다고 괭개치고 도망갔던 사람이 돌아오면 팔 벌려 반기면서.

이젠 뭐 빼도 박도 못 한다. 큰일 났다. 운동 에세이를 냈으니 나는 앞으로 이 책에 부끄럽지 않게 살아야 한다. 또 운태기가 와서 드러눕더라도, 누가 귀에 대고 "오늘은 운동하러 가야 하는데…"라고 속삭이면 벌떡 일어나 맨손체조라도 해야 하는 것이다. 틈만 보이면 농땡이를 피우고 싶어 하는 이 운동 유목민을 감시해주세요.

**초판 1쇄 발행** 2019년 10월 22일
**초판 2쇄 발행** 2019년 11월 21일

**지은이** 이진송
**펴낸이** 김선식

**경영총괄** 김은영
**기획편집** 정지혜 **디자인** 문성미 **책임마케터** 이고은 **크로스교** 조세현
**콘텐츠개발2팀장** 김정현 **콘텐츠개발2팀** 문성미, 정지혜, 이상화
**마케팅본부** 이주화, 정명찬, 최혜령, 이고은, 권장규, 최두영, 허지호, 박재연, 김은지, 박태준, 배시영, 기명리, 박지수
**저작권팀** 한승빈, 이시은
**경영관리본부** 허대우, 하미선, 박상민, 윤이경, 권송이, 김재경, 최완규, 이우철
**외부스태프** 일러스트 긴숨(구덩아트)

**펴낸곳** 다산북스 **출판등록** 2005년 12월 23일 제313-2005-00277호
**주소** 경기도 파주시 회동길 357 2, 3층
**대표전화** 02-704-1724 **팩스** 02-703-2219 **이메일** dasanbooks@dasanbooks.com
**홈페이지** www.dasanbooks.com **블로그** blog.naver.com/dasan_books
**종이 · 인쇄 · 제본 · 후가공** (주)상림문화

ISBN 979-11-306-2677-2 (03810)


• 이 도서의 국립중앙도서관 출판시도서목록(CIP)은 서지정보유통지원시스템 홈페이지(http://seoji.nl.go.kr)와 국가자료종합목록시스템(http://www.nl.go.kr/kolisnet)에서 이용하실 수 있습니다.
(CIP제어번호 : CIP2019039224)